極上御曹司の契約プロポーズ

佐木ささめ

JN109010

この物語はフィクションであり、実在の人物・団体・事件等とは、いっさい関係ありません。

極上御曹司の契約プロポーズ

第一章

その日はいつもと同じ土曜日だった。

大寒が近づく一月の岐阜《ぎふ》はとても冷え込んでいたものの、雲一つない晴天は絶好の洗濯日和だと教えてくれる。

平日よりずいぶん遅い時刻に起きた白川夏芽《しらかわなつめ》は、伸ばしっぱなしの長い髪をひとくくりにして顔を洗い、洗濯機を回している間に光樹《みつき》を起こした。

小学校三年生の甥《おい》っ子は利発で聞き分けのいい子だが、唯一の弱点が朝に弱いことだ。布団に丸まってグズグズと言い訳を述べながら、いつまでも芋虫状態のままで人間に羽化しようとしない。

これが平日だと夏芽も出勤を控えているため布団を引っぺがすところだが、休日だからまぁいいか、と甘いことを考えてしまう。

「じゃあ、自分でお布団を干すのよ」

とのやり取りも毎週のこと。光樹は布団の中から「ふぁーい……」とやる気のなさそうな声を出した。

約束を守る子なので、夏芽は鼻歌を歌いつつ残りの家事に勤《いそ》しむ。洗面所やトイレなどを隅々まで綺麗にして、洗い終わった山のような洗濯物をベランダに干していく。衣類がそよ風に揺れている様は、家事が片づいていく満足感を抱かせた。

今日はなぜか気分がいい。もしかしたら何かいいことが起きるのかも。

宝くじでも買うべきなのかしら、と自身に問いかけながら家の中に入ると、ようやく起き出した光樹が布団をずるずると引きずって近づいてくるところだった。

九歳の甥っ子は容姿が非常に整っており、やや小柄でまだ幼さから抜けきれないのもあって、女の子のように愛らしい。そんな可愛い子どもが寝ぼけ眼《まなこ》で自分より大きな布団を引きずってくるのだから、夏芽はその様子に胸をときめかせて表情を明るくした。

「ミツくん、可愛い！」

むぎゅーっと痩せ気味の体を抱き締めると、光樹は夏芽のまだメイクをしていない頬《ほお》にちゅっとキスをした。

柔らかい唇の感触に夏芽はニマニマしていたのだが。

「なっちゃん、また顔洗ってからスキンケアしかしてないでしょ。ちゃんと日焼け止めを塗りなよ。シミができるよ」

「……はい。スミマセン」

小学生男児とは思えない指摘をされて、それが反論できないほど的確なため、夏芽は素直に引き下がって自分の部屋に向かった。光樹はこういう性格なのである。

保育園に通っている頃から大人びた言動をする子どもで、誰よりも早くひらがなを覚えて絵本を読み、計算も自分から始めて周囲を驚かせていた。

小学校入学時には三・四年生の授業を理解できるレベルで、知能検査の結果も平均をはるかに上回る高い数値が出た。そのため偶然なのかそうではないのかを調べようと、光樹だけやり直しを求められたほどだ。

いわゆる天才児というもので、小学校側からも神童だともてはやされている。個人懇談会《こんだんかい》では、進学は地元の公立中学校ではなく、彼の才能に見合った最難関の私立中学を受験するべきではないかと言われていた。

一時、通っていた大手学習塾は特待生として授業料が免除になり、塾の講師陣からも同じ進路を示されている。

とはいえ普段の光樹は、口達者だけれど素直で闊達《かったつ》な子どもだ。最近では、「なっちゃんは今でも十分可愛いけれど、僕のためにもっと綺麗になって欲しい」と目が点になるようなことを言い出し、図書館で美容やメイクに関わる専門の本を山のように借りて読み漁《あさ》っている。そして今のように小言を告げてくるのだ。

きちんとメイクをしなければ、また叱《しか》られる。と、夏芽は保護者とは思えない焦りを感じつつ手早く化粧を施す。

簡易メイクを終えて手を洗っていると、夏芽の父親、白川数馬《かずま》がのっそりと起き出してきた。

「おはよ、お父さん。こんなに早く起きていいの？」

父親は夜間警備の仕事に就《つ》いているため、朝方に帰ってくる昼夜逆転の生活だ。いつもは午後を過ぎてから起きるのだが、今日は光樹をドライブに連れていく約束があるという。

布団を干し終えた光樹と、顔を洗った父親との三人で遅めの朝食を済ませ、食器を洗っているとと家のチャイムが鳴った。

インターホンをとって光樹が可愛らしい声で応答していたら、すぐに不審げな声に変わった。

「なっちゃん、おじいちゃん、ナリサワさんって人が来てるんだけど」

知ってる？　と光樹の表情が語っている。新聞を読んでいた数馬が、「宗教勧誘じゃないのか？」と首を傾《かし》げながらインターホンを代わった。当家のインターホンはテレビ画面などついておらず音声のみなので、どのような人物が来たかは見て判断することができない。

「うちになんのご用件でしょうか？　……はあ、光樹のことで……どっかの塾ですかねぇ？　……違うんですか？」

甥っ子の名前が出たため、食器を洗い終えた夏芽はエプロンを外しながら父親へ近づいた。

光樹の噂《うわさ》を聞いた学習塾が訪問してきたことは過去にもある。

——塾はもういいんだけどな。

特待生とか優待生として入塾すれば授業料は免除になるが、その代わり広告塔になるため、有名私立中学を受験しなくてはいけない。塾の合格実績を上げるために。

その中学校へ行きたいと光樹が望むならば構わないが、本人は私立中学受験に興味を示していない。行く気がないのに高い受験料を支払う経済的余裕はないのだ。

……たぶん、光樹が私立中学を受験しないとほのめかしているのは、金銭的な問題のせいだろう。補助制度を使えば、なんとか通わせてあげられると思うのだが……

それを考えるたびに夏芽の胸中に黒くて苦い靄《もや》が立ち込める。だが深く考える前に父親が玄関へ向かったので夏芽も付いていくことにした。

数馬が玄関ドアを開けた途端、彼も夏芽も二人いるスーツ姿の来客のうち、背が高い方の男性の顔を認めて目を剥《む》いてしまう。

――え！　ミツくんにそっくり！

三十代と思われるその人は美形ではあるものの、男性的な凛々《りり》しさが際立っており、女の子的な可愛らしさの光樹と共通点は少ないように思われる。が、顔の全体的な造りや一つ一つのパーツが遺伝的なつながりを感じさせるのだ。

人間の第六感が血族間の共通項を嗅《か》ぎ取る。目の前に立つ驚異的な美貌を誇る男性は、光樹が大人になったら彼のような容貌になるのでは、と思わせる説得力があった。

それは父親も同じだったらしく、親子二人して稀《まれ》に見る美男子を見つめてしまう。

相手の方は無言で凝視されたのが不愉快だったのか、眉を顰《ひそ》めて不機嫌そうな顔つきになった。

相手の不快感を悟った夏芽はいち早く我に返る。

「あの、ミツくん……光樹のことで、どのようなご用でしょうか……」

内心で、もしかしてミツくんのお父さんだろうか、とドキドキしながら震える声を漏らす。

光樹は父親が分からない子どもだった。

夏芽が高校三年生のとき、未婚の姉――弥生《やよい》が出産したのだ。数馬や夏芽がどれだけお腹の子の父親について聞いても頑として話さず、弥生は婚外子を出産した直後に亡くなってしまった。

現代医療を以《もっ》てしても、予期しない事態で亡くなる妊婦は皆無ではない。

それ以降、叔母の夏芽が光樹の母親として育てていた。

夏芽が不安な声を漏らすと、光樹にそっくりなイケメンが目を合わせてくる。夏芽は思わず一歩下がった。

光樹に感じる、信頼感や柔らかな雰囲気を一切排除した冷たい眼差しに身が竦《すく》む。なまじ顔が似ているせいで無意識のうちに親しみを抱いてしまうのに、相手からは拒絶が感じられるため、相反する感情に心が痛いほど揺さぶられる。

このとき背後から冷静な声をかけられた。

「なっちゃん、おじいちゃん。お客様なら中に入ってもらったら？」

玄関にいる大人たちが一斉に声の方へ反応し、当然ながら光樹に似た男性の視線も向けられる。

すぐさま彼の不機嫌そうな表情が消え、光樹の容姿を穴が開くほど注視した。しかし光樹の方はすぐに背を向け、家の中へスタスタと歩いていってしまう。

「……あの、ここではなんですから、お入りください」

迷いつつも夏芽が二人分のスリッパを並べる。イケメンの背後にいるスーツを着た男性をちらりと盗み見れば、父親と同世代らしい年齢の穏やかそうな人で、イケメンの親かと思った。とはいえその人の容貌はまったく光樹たちに似ておらず、他人のように感じるが。

炬燵《こたつ》には案内しにくいため、リビングのソファを勧めた。大人が四人も集まると窮屈な印象だが仕方がない。

光樹に似たイケメンは、リビングと続き間になっている和室へずっと目を向けている。そこには炬燵の中に寝転んで電子書籍を読んでいる光樹がいた。

見つめたままイケメンが話し出そうとしないため、彼の隣に座った男性が口火を切った。

「突然、押しかけて申し訳ありません。私はこういう者で……」

倉橋《くらはし》総合法律事務所代表・倉橋宗一《そういち》、との名刺になんとなく嫌《いや》な予感がした。

——弁護士を同伴させてアポもなく乗り込んでくるなんて……

ここで夏芽が何かを言うよりも前に、名刺を見た数馬が身を乗り出し棘《とげ》のある声を出した。

「やっぱりアンタ、光樹の父親か？」

娘を孕《はら》ませた挙句に今まで自分の子どもを無視しやがって、との非難を遠慮なく滲《にじ》ませる口調に、イケメンがゆっくりと視線を戻して数馬と目を合わせる。

「いえ、おそらく私はあの子の叔父と思われます」

「はあぁ？　何言ってんだ、これだけそっくりなのに責任逃れするつもりかっ？」

「ちょっとお父さん、落ち着いて」

中腰になった父親を慌てて夏芽が抑える。数馬は数年前、高血圧による脳出血で倒れているのだ。

夏芽は父親を止めながらイケメンへ視線を向ける。

「あの、先ほど叔父さんとおっしゃいましたが、そちら様のご兄弟が光樹のお父さんということなのでしょうか」

そこで口を開いたのは弁護士の倉橋だ。

「いえ、まだ確定はしていません。そのためにもお子さん、白川光樹くんですね、彼とこちらの――」そこで倉橋が隣の美男子を見遣《みや》る。「成澤《なりさわ》さんご一家とのＤＮＡ鑑定をお願いしたいと思って、本日は参りました」

倉橋いわく、今から二ヶ月ほど前、成澤の母親がチャリティイベントの会場を歩いていたとき、息子と瓜《うり》二つの少年を見かけてひどく驚いたという。他人の空似《そらに》にしては遺伝的な要素を感じさせたため、夫の隠し子かと疑って思わず身元を調べさせたという。

しかし予想に反して調査結果からは、少年の母親と成澤家の長男——俊道《としみち》の間に交際関係があったことが発覚した。

——もしかしたらあの子は私の孫じゃないのかしら。

そう思い込んでしまった成澤家の奥方が、一度少年と自分たち家族とのＤＮＡ鑑定をしたいと言い出した。

そこで成澤が内ポケットから名刺を取り出してテーブルの上を滑らせる。父親が彼を睨《にら》みつけたままなので、夏芽が名刺をつまみ上げた。

「成澤志道《しどう》さん。ＮＭＪファーマ株式会社の取締役さん……」

岐阜県の隣県である、愛知《あいち》県に本社を構える企業だ。名刺の裏面にある業務内容を読むと、医療に関わる事業を営んでいるらしい。なんとなく社名は聞いたことがあると思い出していたら、倉橋が「成澤家はＮＭＪファーマの創業家で、志道さんのお父様は代表取締役社長になります」と告げたため夏芽も数馬もポカンと呆《ほう》けてしまう。

——会社の社長さんの息子……身なりがいいなって思ってたけど、やっぱりお金持ちなんだ。

まじまじと成澤を見つめていると、彼は眉根を寄せて苦々しい声を吐き出した。

「身内の恥ですが私の兄は自由奔放な人間で、家業の跡取りでありながら女性にだらしなく、常に何人もの恋人と付き合うようなクズでした。そのせいで女性とのトラブルが絶えず、十年ほど前、揉め事に嫌気が差して、『放浪の旅に出る』と告げたまま行方が分からなくなってしまいました」

「はあ……」

「そういうクズ男なので、恋人たちの誰かが兄の子を身ごもっていてもおかしくはありません。それに今思い返せば、兄が逃げ出したのは光樹くんのことが原因とも考えられます。……もし後者であれば誠に申し訳ありません」

いきなり成澤が深く頭を下げたため、夏芽だけではなく父親もギョッとした。

「ちょっ、顔を上げてください。まだミツくんがそちらのご家族と決まったわけではないんですから」

夏芽が慌てた声で告げると、テーブルと接触しそうになっていた成澤の形のいい頭部がゆっくり起こされる。彼の端整すぎる顔には渋い表情が浮かんでおり、この人もまた実兄の自堕落な生き様を不快に思っているのだと悟った。

――意外といい人なのかな……？

成澤の話が本当なら、兄はまさしく金持ちのドラ息子といった男だが、弟の方は常識人らしい。姉を傷つけた男の家族ではあるが、彼を責めても仕方がないとの同情心が湧《わ》き上がる。

それは父親も同じだったようで、今まで射殺さんばかりの勢いで成澤を睨んでいた視線が、困ったようにさまよっている。

そこへ再び冷静な声をかけられた。

「——なっちゃんもおじいちゃんもあいかわらずお人好しだねぇ。その話、オッサンがそう言ってるだけで本当か嘘《うそ》か分かんないじゃん」

背後から聞こえた声に振り向くと、和室で寝転んでいたはずの光樹がすぐ後ろに立っていた。その手には収納ボックスを兼ねた椅子《スツール》がある。

よっこいしょ、と光樹は重そうにスツールをテーブルの脇に置くと、そこへちょこんと正座をして自分とそっくりな成澤の顔を見上げた。

「オッサン、DNA鑑定をして僕が成澤さんちの子だったらどうするの？　引き取りたいとか言うんじゃないの？」

ハッとした夏芽が成澤の美しい顔を見つめると、彼はなぜか呆けたような顔を見せた後、不機嫌さを増した表情になる。

「君が光樹くんで間違いないね。——大人の話し合いの場に子どもが入ってくるもんじゃないよ。あと、俺をオッサンと呼ぶのはやめなさい」

もしかしたら成澤が呆けた顔をしていたのは、オッサンと呼ばれたことがショックだったからかもしれない。一人称まで変わっている。

だが光樹の方はすっとぼけた表情で視線を成澤の左手へ向けた。

「じゃあ成澤さん。指輪をしてないけど、独身？」

「……それがどうした？」

「別に。成澤さんぐらいの歳《とし》の男の人でも結婚しないんだと思って。めちゃくちゃモテそうなのに何か理由でもあるの？」

「光樹くん、何度も言うが話に首を突っ込むんじゃない」

「僕はモテるよ。この顔だもん、女の子が放っておかないよ。成澤さんもそうでしょ？」

……成澤が唖然《あぜん》とした表情で光樹の可愛らしい顔をまじまじと見つめている。光樹の方はこのような反応など慣れているので、喋《しゃべ》ることを止めない。

「でさ、僕を見つけたっていう成澤家の奥方って、子どもが独身の成澤さんと、消えたお兄さんの二人しかいないのかなって思ったんだ。もしそうなら孫が一人もいないんじゃない？」

そこで動揺を示したのは弁護士の方だった。え、なんで分かるの？　とでも言いたげな顔になって光樹を注視している。

その変化に光樹は目ざとく反応した。

「あ、やっぱりそう？　それならなんとしてもDNA鑑定をしたいよね。で、本当に僕が孫だったら引き取りたいって考えちゃうんじゃない？　初孫なんだから」

光樹の導き出した結論が図星だったのか、それとも子どもとは思えない筋の通った話し方や洞察力に驚いたのか、成澤も倉橋も光樹を凝視したまま絶句している。

そこで我に返った夏芽が、「ミツくん、部屋に戻っていなさい」ときつめに叱れば、素直に頷《うなず》いた光樹は成澤たちへ「邪魔だから早く帰ってよね」と素っ気なく言い捨て、スツールを引きずりつつ自室に入って扉を閉めた。

夏芽はすぐさま頭を下げる。

「あの、すみません、口を挟んで……もともとミツくんはああいう子なんです」

「いや……本当に頭がいいんだな。恐れ入ったよ」

感嘆を含むその言い方は、光樹の知能が高いことを事前に知っていると察せられた。何年も前の、実兄《じっけい》の交際事実を突き止めたのなら当然なのだろうが……家族のことを他人が調べるという行為に言いようのない不安を抱く。

このとき父親が話を続けた。

「成澤さん、DNA鑑定で光樹がそちらさんの子だって証明されたら、あの子が言うように引き取りたいって、本気で考えているんですか？」

先ほどとは違い丁寧な口調に変えた父親が戸惑いの声を漏らせば、成澤は力強く頷いた。

「はい。間違いなく兄の子だと証明されたら、うちで引き取って育てたいと考えております」

ビクッと身を竦《すく》める夏芽の隣で、父親が不快そうに眉を顰めた。

「それはちょっと、いきなりな話ですよね……」

「おっしゃる通りです。子どもは物ではないし、大人の都合で保護者をコロコロと替えることは子の福祉にも反します。私も光樹くんの存在を知ったときは、親戚として金銭的な援助をしつつ遠くから見守る、といったスタンスでいいのではと思いました。しかし──」

自分も両親も、光樹の知能指数が突出しすぎていることを懸念していると語った。あまりにも世の中の平均値から外れていると、日常生活を送るだけでも大変ではないか、と。

「おそらく光樹くんは〝ギフテッド〟と呼ばれる、生まれつき知能が高い子どもなのでしょう」

ギフテッド──先天的に高い能力を持っている人のことで、光樹のように知能指数が高い人もいれば、芸術方面で顕著な能力を発揮する人もいる。

「あ、はい……それは学校医の方からも指摘されました。ただ、その先生もギフテッド児童を診《み》るのは少ないそうで、アドバイスなどはいただけませんでしたが……」

「専門知識があって相性の合う医師など、偶然には見つかりませんよ。時間とお金をかけるものです」

当たり前のことのようにキッパリと言い切られ、責められているような気分を味わった夏芽は言葉を詰まらせた。

「……そう、ですね……」

「医師でさえギフテッドを理解する人はまだまだ少ない。当然、学校の教員では光樹くんを持て余すでしょう。例えばですが、彼は授業がつまらなくて集中できず、それを教師から『授業態度が悪い』と取られたことはありませんか？」

「……あります」

なんとなく、彼の質問に答えたくない気持ちを抱えながらも頷いた。

光樹は教科書の内容をすべて理解しているため、分かり切った話を聞き続けることが苦痛なのだ。授業中、空想の世界で遊んでいることも多いようで、よく注意を受けていたりする。

二年生のときなど、担任教師と相性が最悪で、光樹は登校拒否になったほどだ。

父親もその時期を思い出したのか渋い顔をしている。父はギフテッドという概念が理解できず、光樹を頭がいい子どもとしか捉《とら》えていない。そのため『学校へ行きなさい、サボるんじゃない』と孫を叱っては正論で返され、さらに激しく叱るということの繰り返しだった。

光樹は論理的に話さないと納得できないのだが、父親は感情で喋ってしまうのだ。

「あと、同級生と話が合わず孤立したり、周囲からやっかみを受けたりと、本人にとってつらい環境ではありませんか？　集団生活の中で一人だけ頭脳レベルが高すぎるということは、いいことばかりではないはずです」

断言するように告げられた夏芽は、思わず自分の胸あたりを手のひらで押さえてしまった。

「……友だちは、たしかに少ないです……あまりゲームとか、動画を見るのは好きじゃないですし……」

同級生たちと同じ遊びをせず、子どもには理解しがたい内容の本を読みふける光樹に、親友と呼べるほど仲のいい友人はいない。光樹は物事を考える速度も同年齢の子より格段に速く、一人だけ先へ先へと進んで結論を出し、そこからさらに思考を飛躍させるため、他の子どもでは付いていけないし話が噛《か》み合わない。

そのせいで喧嘩《けんか》に巻き込まれることもある。光樹と話が合わない相手にからかわれたり囃《はや》し立てられたりすると、光樹が言葉でこてんぱんに相手を言い負かし、反論できない児童が力で訴えてくるのだ。

子どもの喧嘩とはいえ殴られれば怪我を負う。光樹は小柄ゆえに突き飛ばされて頭を切ったこともあった。

彼はそれ以降、『なるべく周囲に合わせているから心配しないで』とそつなく過ごしてはいる。だが〝そつのない〟行為そのものが、光樹に無理を強《し》いているのではないかと不安だった。

無難に、当たり障《さわ》りなく、ほどほどに、敵を作らず、穏便にやり過ごす。

そういった印象を受けるたびに、子どもらしくのびやかに生活させることはできないのかと胸が痛んだ。

そのような負い目が夏芽にあるため、成澤の問いに答える声が小さくなる。自分や父親では、彼に最適な未来を提示してあげることができないのだ。

そこを見抜いたのか成澤が真摯《しんし》な表情で言い放つ。

「今日こちらに来たのは、私どもなら光樹くんに適切な環境を与えることができると、お伝えしたかったからです」

成澤いわく、光樹のような知能指数が高いギフテッドは、それゆえに問題も多い。これは専門家でないとサポートやケアが難しいという。

教育心理学や行動遺伝学の専門家によると、知能指数は遺伝の影響を強く受けるものの、全体の三割ほどは環境によって左右されるらしい。つまり後天的な要素で能力を伸ばすこともあれば、潰してしまうこともあると。

「光樹くんが健全な社会生活を営むため、ひいては幸福に生きていくため、今から最適な環境を整えなくてはなりません。ギフテッドは放っておいたら状況が好転するわけではない。精神面の発達や相応の経験値を積み重ねることは、知能の高さだけでは補いきれないのです」

本人が納得するなら海外の専門プログラムで学ばせてもいい。そう熱心に語る成澤に、何も言い返せなくなった夏芽は俯《うつむ》いた。自分や父親はここまでの選択肢を光樹へ与えることはできない。金銭的な負担が大きいことが理由で。

三年前に父親がリストラされたうえ、脳出血の後遺症で再就職もままならず、今は夜間警備員のアルバイトをしている。家計を支えるのは夏芽の稼ぎがメインだが、地元の中小企業での年収はそれほど多くない。

光樹の能力を潰してしまうこともある、との成澤の言葉が胸に突き刺さった夏芽は、俯いたまま唇を噛みしめた。

そこへ倉橋の方が身を乗り出す。

「成澤さんは、光樹くんの将来を想って引き取りたいとおっしゃっています。まずはＤＮＡ鑑定をして、血族かどうかを調べてから今後について話し合うというのはどうでしょうか」

その申し出を感情的には拒絶したいものの、それは夏芽のエゴであって光樹のためにならないと考える理性は残っている。それでも素直に頷けず視線をさまよわせていたら、父親が答えた。

「そうですね……よろしくお願いします」

やや疲れを滲ませた声で父親が頭を下げたため、夏芽も迷いながら右に倣《なら》った。

§

あの日のことはよく覚えている。

暦《こよみ》は十一月二十五日。この年は寒波が早めに到来したせいで風がとても冷たく、薄暗い空から雪が降ってきそうな寒い日だった。

海と接しない内陸部の岐阜県は、北部は北アルプスを擁《よう》する豪雪地帯で、すでにかなりの降雪が認められている。しかし夏芽が住む南部の岐阜市は、愛知県から地続きの平野部のためそこまで寒くはない。

それでも寒風に肩を竦める夏芽は、コートの中で体を震わせながら急いで高校を出ると、バスに飛び乗った。岐阜駅で降り電車に乗り換えて目的地まで急ぐ。

日付けが今日になったばかりの深夜に姉が産気付いたと、入院していたレディースクリニックから連絡が来ていた。付き添いたかったけれど父親から、『学校に行け』と叱られて渋々登校した。が、授業に集中できるはずもなく。

お昼休みに父親から、『無事に生まれた』とのメッセージを受け取って喜んだものの、それ以来連絡がない。仕方なく夏芽は授業が終わると、制服のまま病院へ急ぐことにした。

何度か訪れたレディースクリニックに着けば、ナースステーションに看護師の姿はなかった。小さな個人病院なのでたまにこういうことはある。夏芽は気にせず面会簿に記入し、手のひらを消毒してから病棟へ入った。

真っ先に姉の病室へ向かおうとしたが、ふと反対方向へ足を向ける。

新生児室をガラス越しに覗《のぞ》くと、一番隅に〝この子のママは白川弥生です〟との名札をベッドに付けた赤ん坊が眠っていた。

——あの子が私の甥っ子かぁ。

生まれたばかりの赤ん坊はしわくちゃで、お世辞にも可愛いといった容貌ではなかった。しかし夏芽は身内贔屓《ひいき》を発揮し、「私の甥っ子くんがこの中で一番可愛い！」と考えていたりする。

ニマニマとおかしな笑みを浮かべながら赤ん坊を見つめていたら、新生児室に入ってきた看護師が夏芽を見てハッとした表情になった。慌てて廊下に出てきた看護師は、「白川さんのご家族ですよね？」と焦った声を放つ。

キョトンとする夏芽が頷くと、その看護師は思いもよらないことを口にした。夏芽の姉が出産後、出血が止まらず総合病院へ救急搬送されたと――

§

光樹と成澤家とのＤＮＡ鑑定をした一ヶ月後の土曜日、弁護士の倉橋が結果を携《たずさ》えて白川家へやって来た。

前回とは違ってアポイントを取りつけてきたため、夏芽は倉橋が訪問する時刻より前に光樹を図書館へ行かせた。

自分に話を聞かせたくないのだと悟っている光樹は、文句も言わず出かけて行った。

約束の時間ちょうどにやって来た倉橋は、成澤と光樹が叔父と甥であると、成澤家夫妻が光樹の祖父母であると、科学的に間違いなく証明されたと告げた。

父親と共に話を聞く夏芽はうなだれる。

「そうですか……」

小さく呟《つぶや》く夏芽の脳裏に、成澤の冷たさを感じさせる端整な容姿が思い浮かぶ。彼と光樹を見れば、なんとなく結果は分かっていた。二人の類似点は他人の空似とは考えにくいから。

重苦しい表情で夏芽が顔を伏せるのに、倉橋の方は笑顔で話を続ける。

「それでですね、成澤家のご夫妻は、光樹くんとご子息の志道さんを養子縁組して、光樹くんを引き取りたいと申し出ています」

叔父が甥を養子とする。祖父母と孫の養子縁組よりは親子らしく見えると思うけれど、成澤が父親になるイメージが浮かばず夏芽は首を傾げた。

「ご夫妻がミツくんを養子にするのではないんですか？」

「はい。主に相続の問題で」

倉橋の話によると、光樹の父親である俊道の行方が分からないため、認知請求をして光樹を法的に俊道の実子とみなす準備をしているという。

未来において成澤夫妻が亡くなった際、俊道の行方が分からないままの状態ならば、失踪宣告──生死不明の行方不明者に対し、法律上死亡したものとみなす──の申し立てをして、俊道に相続される遺産を光樹へ代襲《だいしゅう》相続させたいと考えていたからだ。

このとき祖父母と孫が養子縁組していたら、孫にも養子としての遺留分《いりゅう》──相続する権利──が発生し、結果的に光樹の相続分が成澤に比べて大幅に上回ってしまう。

「それは平等ではないと成澤夫妻が考えたことと、志道さんがいまだに独身で結婚の意思を示さないことから、将来志道さんの財産を引き継ぐ人として光樹くんが適任だと考えているのです」

「はあ……」

正直なところ、よく分からなかった。法律のことは詳しくなくて。

「あの、成澤さんご夫妻は相続を考えるほどお体が悪いのですか？」

「いいえ、お元気ですよ。ただ成澤家のような資産家の方々は、財産の継承には慎重なんです」

経営者として、企業の存続を含め不動産などの莫大な資産を誰に継承させるかはとても重要だ、と倉橋は語る。夏芽たち親子にしてみれば、財産などマンションの権利とわずかな預貯金しかないため、「はあ」としか言いようがなかった。

とはいえ倉橋はそのような反応など慣れているのか、意に介さず数馬の目を見て話をつなげる。

「志道さんが光樹くんを養子にするといっても、実際の養育は成澤家全体で引き受けることになります。今よりももっと充実した支援と環境を光樹くんに与えるとお約束しますので、安心してください」

「……それは、私どもでは光樹の養育が不十分だと言いたいのですか」

やや気色ばむ数馬が低い声を出せば、倉橋はにこりと愛想笑いを浮かべた。

「いえいえ、光樹くんが健やかに育っているのは白川さんの育て方が素晴らしいからです。ただ前回、志道さんがおっしゃったように光樹くんは普通の子ではない。なるべく早く彼に合った教育と環境を整えてあげなければ、彼が可哀相です」

――ミツくんが、可哀相。

もっとも言われたくないことを指摘されて、数馬も夏芽も口を閉ざした。そのタイミングを計ったかのように、倉橋は鞄《かばん》から一枚の書類を取り出して数馬へ差し出す。

「未成年の光樹くんと養子縁組をするには、後見人である白川さんの許可が必要になります。こちらは成澤家から、そのお礼として白川さんへお渡しする予定のものです」

そこには心臓が縮み上がりそうなほどの多すぎる金額が記されていた。光樹にかかった九年分の養育費も含まれるそうだが、それでも常識の範疇《はんちゅう》外だ。

「あのっ、いくらなんでも、ここまでお金をかけてないと思うんですが……」

「何をおっしゃいます。一人の人間を九年間育てるには、これぐらいかかってもおかしくないと成澤家は考えております。どうか受け取っていただきたい」

成澤家側は光樹のためにも、なるべく早く養子縁組をしたいと、首を長くして良い返事を待っていると、倉橋はにこやかに告げた。

その笑顔が嘘臭く感じた夏芽は、書類へ視線を落としつつ思わず本音を漏らした。

「まるで手切れ金ですね。これだけくれてやるから、さっさとミツくんを引き渡せって言われてるみたい……」

「夏芽」

叱責の口調で父親から呼ばれた夏芽は顔を逸らした。

だって本当のことじゃない、との反駁《はんばく》が胸に重苦しい靄を生み出す。

——そこまでしてミツくんが欲しいの？

よくよく考えてみれば、成澤家側の主張はずいぶん身勝手なものに感じる。偶然光樹を見つけたものの、成澤夫妻に孫が何人もいれば無視していた可能性もあった。それに光樹が並外れて優秀でなければ、それどころか問題児であったなら、引き取ろうとさえ思わなかったのではないか。

成澤もこう言っていた。光樹の存在を知ったときは、金銭的な援助をしつつ遠くから見守るだけでいい、と。

成澤家が資産家であることは、お礼と称して提示された金額でも察せられる。そして夏芽は以前、ＮＭＪファーマ株式会社のホームページを検索してみたことがあった。役員一覧に成澤姓を持つ者は、代表取締役社長の成澤一彦《かずひこ》と、取締役の成澤志道のみ。やはり現在の成澤家には息子が次男しかいないのだろう。

その彼がいつまでも独身ならば、後継者となる子どもは喉から手が出るほど欲しいはず。そこへ突出した能力を持つ、間違いなく成澤家の血を引く孫が見つかったら……

夏芽は倉橋へ睨むような視線を投げつける。

「あの、成澤さんたちがミツくんを引き取りたい理由って、家とか会社のためじゃないんですか？　それってミツくんの幸福を想ってのことじゃないですよね。〝子の福祉〟に反するんじゃないんですか？」

民法における未成年者に対する親権、あるいは後見の制度は、子の福祉を第一の目的としている。

数馬は弥生の死後《むすめ》、光樹の未成年後見人――両親がいない子どもなど、親権を行う者がいなくなってしまった未成年に対し法定代理人となる者――となっている。その申し立てをした際に家庭裁判所調査官の面接があり、後見人制度がどのようなものかを夏芽も学んでいた。

しかし当然、倉橋は笑顔で首を左右に振る。

「成澤ご夫妻は光樹くんの幸福を心から願っておりますよ。そのためにも彼の能力が制限されない環境を与えてあげたいと――」

「じゃあ、その環境を光樹がここで暮らしながら与えることだってできるんじゃないんですか？　この生活を変えることなく、あの子のためになることを」

「……それは難しいですね。光樹くんへの支援が正しく行われているかどうか確認するには、ここは遠すぎます」

「定期的に報告書を用意します。光樹はここで九年も暮らしているんですよ。それを今さら家族も住居も何もかも変えて一からやり直せなんて、子の福祉に反するとしか思えません」

「たしかにその点は成澤家も留意しております。ですが白川さんのもとで光樹くんを育てることは、彼のためにならないと気づいておられますよね？」

「……でも」

「それを分かっていながら光樹くんは渡さない、でも支援だけは欲しい、だなんてあまりにも虫のいい話ではありませんか？」

夏芽も頭の片隅で同じことを思っていたため言葉を詰まらせる。

このとき隣に座る父親が声を発した。

「分かりました。一度、光樹を交えて検討させていただきます。――今日のところはお引き取りください」

父親が深く頭を下げたためか、この辺りが引き時だと感じたのか、倉橋はあっさりと帰っていった。もともと今日は成澤家の申し出を伝えるだけで、こちら側の意見など必要としていなかったのかもしれない。

夏芽は疲れた表情で茶器を片づける。キッチンで溜め息を吐きながら湯呑《の》みを洗っていたとき、背後から声をかけられた。

「成澤さんの話、受けた方がいいかもしれんな」

一瞬、父親の言葉を理解できなかった夏芽は、その台詞を右の耳から左の耳に聞き流した。

数秒後、光樹を手放すという意味を脳が受け止めて勢いよく振り向いた。

「何言ってんのよ。ミツくんは家族なのよ。なんで突然現れた親戚に渡さなきゃいけないのよ。あの子は物じゃないのよ……！」

だんだんと声が大きくなり、怒りで足がふらつくほどだった。濡れた手を雑に拭いて父親の正面の席に腰を下ろす。

「まさかお父さん、大金に目がくらんだわけじゃないでしょうね。お金でミツくんを売るつもりなの!?」

「馬鹿を言うんじゃない。……光樹にとってどちらがいいか俺にも分からないんだ。このまま俺たちが育てても、光樹の能力を伸ばすことはできない。そんな金も手段もない」

「でもっ、ミツくんの気持ちはどうなるのよ……！」

「本人に聞いてみる。あの子は自分の置かれた状況をよく分かっている」

九歳の子どもに己の人生を決めさせるつもりか。と再び怒りが湧き上がってくるものの、光樹はただの〝九歳の子ども〟ではない。

口を閉ざした夏芽は唇を噛みしめた。こういうとき、自分の無力さを思い知る。適切な道を子どもに示してあげるのが大人の役目なのに、それができない自分たちはやはり養育者として不適格なのでは、と。

光樹が〝普通〟の子どもであれば——

そう考えてしまう夏芽は、父親が『成澤家の申し出を受けた方がいいかもしれない』と揺れる心情を理解できてしまい、悔しさに拳を握り締めて自室に入り扉を閉めた。

それから一時間後。

ただいまー、との声と共に光樹が図書館から帰ってきた。

普段なら真っ先に夏芽のもとへ駆け寄ってくるのだが、数馬に呼び止められて和室に入っていく。それからしばらくして夏芽の部屋の扉がノックされた。

ふてくされて返事をしないでいたら、光樹は遠慮なく入ってくる。ベッドに突っ伏す叔母の顔の近くで床に座り込み、頭を撫《な》でてくれた。

……この子はいつもこう。私が落ち込んでたり泣いてたりすると、必ず慰めに来てくれる。

心の優しい子だ。九歳児に気を遣わせてしまう情けなさを味わいつつも、甥っ子の優しさに心が癒されるようだった。

自分の愛する者が、同じだけ愛情を返してくれる。そんなふうに育ってくれたことへの感謝に、夏芽は胸を熱くして眼差しを子どもへ向けた。我が子同然の光樹へ見返りを求めない愛情を抱く反面、成澤の容姿が重なって心が軋《きし》む。

「なっちゃん、落ち込まないで。おじいちゃんはなっちゃんのことを想って、僕を成澤さんに預けようって言ったんだよ」

「……何、それ」

「このままなっちゃんを、僕のお母さんの代わりにしたくないって考えているんだよ」

数馬はシングルファザーだ。弥生が亡くなって赤ん坊が遺されたとき、夏芽は未成年なので光樹の保護者たりえるのは数馬のみだった。

自分が引き取らねば孫は施設に預けるしかない。義憤に駆られて後見人となったものの、当時の彼はサラリーマンだった。赤子を育てることなどできず、必然的に高校卒業を控えた夏芽が育児を引き受けることになった。

それは夏芽自身も納得していることだ。姉の忘れ形見を手放すなど、考えたことさえなかったから。

しかし数馬にしてみれば、子育てのせいで夏芽は大学を留年し、恋愛をする余裕もなく、就職活動も制限され、結婚もできないままアラサーとなってしまった。

このまま甥の母親として人生の大事な時間を消費させてしまうのか。数馬は孫を救いたい気持ちのせいで、娘の青春を犠牲にさせてしまったとずっと悔いている。

そう光樹は静かに語った。

「……それ、お父さんがそう言ったの？」

「ううん、僕の推測。でも当たってると思うよ。おじいちゃんは悪人じゃないもん。なっちゃんだって分かってるでしょ？」

……分かっている。父親は優しい人だ。母親が置いていった二人の娘に寂しい想いをさせないよう、家庭的でもあった。今は再就職が叶わず、経済的に娘の負担になっていることでひどく落ち込んでいるのも知っている。

男の人はプライドの生き物だ。今の父が自信を失い、ネガティブな思考にはまっていることは夏芽も感じていた。

「でさ、そこへ成澤さんの申し出があったもんだから、おじいちゃんの気持ちも傾いたんだよ。僕に十分な教育を与えてやれるうえ、なっちゃんを母親業から解放してあげられる」

まるで負い目を感じているような言葉に夏芽は跳ね起きた。

「解放だなんて言わないで。私はミツくんのお母さんであることが幸せなのよ。子育てが嫌だったら、もっと早いうちに逃げ出しているわ」

「そっか」

うっすらと微笑む光樹だったが、その表情は子どもにふさわしくない、達観を感じさせる大人の笑みだった。多くの理不尽を飲み込み、笑って感情を誤魔化すような、そんな表情。

年相応の少年ならば、大人の事情など教えても分からないだろう。己を取り巻く複雑な事情を理解し、物事の裏側にある事実を見抜くことができてしまうから、自己中心的な思考で許されるはずの子ども時代に自責の念を抱いてしまう。

光樹は思考や情緒の面において〝子ども〟と呼ぶにはふさわしくないほど成長していた。彼とお喋りをしていると普通の大人と話している気分になる。

まだ生まれてから九年しか生きていない子どもに、そのような顔をさせていることが夏芽にはつらかった。

「僕はここで暮らしたいけど、おじいちゃんの考えはもっともなんだ。……僕は成澤さんちに行った方がいいかもしれない」

「そんなことはない！」

慌てて光樹を抱き締める。食が細い彼は九歳児の平均以下の体躯《たいく》で、とても小柄だ。こんな小さな体で大人と同じ考えを持ち、周りの気持ちを推し量る能力が悲しく、哀れだった。

そこまで生き急がなくてもいいのに。

もっとわがままに生きて欲しいのに。

「おじいちゃんは、なっちゃんが大切なんだよ」

「ミツくんも大切なうちの子だよ……」

「でも僕がここにいる限り、なっちゃんは僕のお母さんになろうとするだろ」

「子どもは、そんなことを考えなくていいんだよ……」

大人として、養育者として至らない自分が、都合のいいときだけ光樹を子ども扱いする。その狡《ずる》さを指摘しない光樹の賢さに、涙が零れそうだった。

§

──泣きやまない……どうすればいいの……

十八歳の夏芽は、激しく泣き続ける赤子を抱っこしたまま途方に暮れていた。

時刻は午前一時。外を走る車の音も少なくなった深夜、光樹はずっと泣いたままだ。ミルクを与え、オムツを替えて、抱っこして揺らしてもうまく寝かしつけることができず、すでに二時間ほど経過している。夏芽は自分も眠いが、それ以上に赤子はこれほど泣き続けて大丈夫なのかと、不安で叫びたいほどだった。

ネットで〝赤ちゃん　泣きやまない〟と検索してみれば、赤ん坊は何をしても泣きやまないことがあると、それは母親のせいではないと、夏芽の気持ちを軽くする記事がいくつも載っている。

光樹が泣き始めた当初はそういった言葉に慰められていたが、この状況が二時間も続けば、疲労もフラストレーションも蓄積されて後ろ向きなことを考えてしまう。

──私がお母さんじゃないから……お姉ちゃんがあやしていたら、もっとうまく寝かしつけることができたかも……

どうして姉は亡くなってしまったのかと、苦しいほどの悲しみが胸を突き刺してくる。まだ二十三歳という若さだったのに。

夏芽が小学校二年生のときに母が家を出ていったため、それ以降、五歳年上の姉が自分の母親代わりだった。幼い妹の遊びに付き合い、かんしゃくを優しく宥《なだ》めて、慣れない料理を作ってくれた。

姉だって当時は中学生で遊びたい盛りだったはず。なのに妹の世話と家事を一手に引き受けてくれた。自分は母親を失った悲しみを癒すために、父親と姉に甘えていればよかった……いま思い返せば、姉も悲しくて寂しくて誰かに甘えたかったはず。けれど妹のために頼りがいのあるお姉さんになってくれた。

だからこそ自分は光樹の母になろうと決めたのだ。姉のために、姉の忘れ形見を守りたくて。

……だがその決意はわずか二ヶ月でくじけようとしていた。

とにかく光樹が寝てくれないのだ。夜中、何度も激しく泣き出しては起こされる。そのたびにミルクを作っては片づけ、おむつを替えて抱っこする。

この二ヶ月の間、まとまった睡眠はとれていなかった。赤ん坊の世話がここまで大変だとは知らなかった。

推薦入試が終わっていたことだけが救いであるものの、担任教師からは『父子家庭が赤ん坊を育てるなど無理ではないか』と、遠回しに施設へ預けることを提言された。この区域の民生委員からも、一時的に乳児院などへ保護してもらうのはどうかと勧められた。

しかし施設へ預けるという行為に夏芽は猛烈な抵抗感を抱く。子育てに悩んでいる親なんて当たり前なのに、と。

――この子を育てると決めたのは私なのに……

鬱屈した気持ちを抱えてよろめきながら和室をグルグルと歩いていたら、就寝したはずの父親が顔を出した。

『すまん、任せて。替わろうか？』

『……ううん。お父さん、明日は早いんでしょ。ゆっくり休んで』

父親は明日、東北への出張を控えている。いつもより早く起きて家を出ねばならない。

『そうか……本当にすまない』

『大丈夫よ』

本当は全然大丈夫じゃなかった。替わって欲しかった。もう子育てなんか無理だと言いたかった。でも……

それから一時間以上経過して、光樹は泣き疲れたのかようやく静かになった。小さな体をベビーベッドにそっと降ろす。

安堵《あんど》の息を吐いて寝顔を見つめれば、整った容姿は天使のような愛らしさだった。自然と夏芽の口元がほころぶ。

――可愛い。

眠気も疲労も吹き飛ぶほどの愛しさが胸に満ちる。無償の愛というものがどのようなものか、光樹が生まれてから初めて知った。己のすべてを擲《なげう》ってでも赤ん坊を守りたいと思う、見返りを求めない気持ち。

……この子を家族から離して施設へ入れるなんて鬼畜の所業だ。自分が頑張れば光樹と父親の三人の生活は守られるのだから。

姉は両親が離婚してからというもの、十三歳の頃から亡くなるまで十年間も家族のために尽くしてくれた。なのに高校を卒業しようとする自分が、二ヶ月程度でくじけるわけにはいかない。

夏芽は赤ん坊のほわほわの髪の毛をそっと撫でる。

——大丈夫、まだやれる。

そう己に言い聞かせて。

§

カレンダーが一枚破られ、暦は三月に入った。まだまだ寒さが消えない日曜日、曇天の空から落ちる霧雨で街は薄暗闇に覆われ、朝から冷え込んでいる。

夏芽は客用の茶器を用意しながら溜め息を吐いた。今日の午後、成澤が白川家を訪問すると言ってきたのが原因だ。

自宅へ乗り込んできた初日以降、彼は光樹の件を弁護士の倉橋に任せている。しかし今日は自らお出ましのようだ。

それというのも先日、成澤家からの養子縁組の申し出を正式に断っていたのだ。

数馬はこの縁組に気持ちを傾けていたが、やはり夏芽は光樹を手放すことなどできない。執拗に反対し続けたことと、光樹に夏芽の元を離れたくない意思があったため、とりあえずお断りという流れになっていた。

すると成澤自らが説得に来ることになったのだ。ものすごく憂鬱である。

午後一時に白川家を訪れた成澤は、仕事帰りなのかスーツを着用していた。

彼の美しい顔には、不愉快との感情がはっきりと浮かんでいる。弁護士へ任せておきたい案件に、自ら動かねばならないことが時間の無駄だと思っているのか、自分を動かした夏芽たちが気に入らないのか、その両方か。

夏芽から見る成澤という男は、居丈高ではないが親しみを持てる理由もなく苦手で、今日はさらに逃げ出したい気分に陥るほどだった。

どうぞお入りください、と夏芽は暗い声を出して来客用のスリッパを用意する。このとき彼が履いている靴に目が留まった。綺麗に磨かれたストレートチップの革靴。華やかで力強さを感じさせるデザインだ。

……以前会ったときも感じたが、成澤家が裕福な家庭であることが察せられた。彼の服装や時計などの持ち物、靴など、自分たちでは手が届かない上等な品ばかりだ。特にスーツなど、父親がサラリーマン時代に着ていた量販店の品とはまったく違うと、逸品を見てようやく理解した。

さらに言うなら、堂々とした立ち居振る舞いや、己に迷いがない圧倒的な雰囲気などが、常人とはまるで違う存在だと感じさせる。生まれがいいとは、こういうことを言うのかもしれない。

――ミツくんも、成澤さんちに生まれていたらこんな感じになったのかな……

皮膚に棘が刺さったような鈍い痛みを感じつつ、成澤をリビングテーブルに案内してお茶と和菓子を出す。しかし成澤はそれには目もくれず口火を切った。

「君には不愉快な話かもしれないが聞いて欲しい。君のお父さんは我々の申し出に賛成する意向を示してくれている。だが長年、光樹くんの養育を担《にな》ってきた君が反対しているので、迷っているとも言われた。この件は君次第ということになるが、どうしたら分かってくれるだろうか」

夏芽は視線を伏せて答えた。

「……弁護士さんにもお伝えしましたが、ミツくんを引き取りたい本音が、あの子のためとは思えないから。承諾はできません」

「家の跡取りが目的ってやつか。それなら私がいるから心配は無用だ。いずれ私が結婚して子どもができれば、光樹くんに負担はかけない」

「弁護士さんは、成澤さんが独身で結婚の意思がないから、ミツくんが成澤さんの財産を引き継ぐ人としても適任だとおっしゃっていました」

「それは倉橋先生が勝手に考えたことだ。光樹くんを引き取りたいのは、自分の甥を十分な教育が施せない家庭に置いておくわけにはいかないからだ」

「おっしゃる通りです。私たちはあの子の未来を、型にはめた従来の進路でしか考えてきませんでした。反省しております」

「あの子が抱える事情はモデルケースが少ない。適切な環境を与えてあげるためには、こう言ってはなんだが金がいる。君たちでは無理だろう」

冷たく言い放った声に夏芽はゆっくりと顔を上げた。遠回しに、貧乏人では光樹の能力を活かせずに埋もれさせるだけと言われ、その通りなのだが自分の脳裏で何かが切れたと思った。

「……無意識に私と父を見下しているクソ野郎に大事な家族を預けるなんてできるわけないでしょう」

思ったことをペロッと吐き出すのを、己の意思で止めることはできなかった。

あ、しまった。と思ったが後の祭り。成澤は目を丸くしてこちらを凝視してくる。ものすごく驚いている表情に、一瞬で怒りがしぼんで頭を下げた。

「申し訳ありません。少し冷静さを欠いていて、おととい来やがれとの本音が……違うんです、塩をまきたいとか思ってるわけじゃなくて……」

口を開くたびに墓穴を掘ってしまう。そのうち彼の美しい顔に、呆《あき》れたような表情が浮かんで夏芽はうなだれた。

「すみません……私、たまに思ったことを口に出してしまうことがあって……」

これで会社でも失敗したことがある。さすがに社会人生活が長くなると失言はなくなったが、今日は止めることができなかった。

「正直だな」

と、漏らした成澤は腕を組んで宙を睨み、すぐに夏芽へ視線を戻した。

「まあ、君から見たら俺なんてそんなもんだろ」

「はい」と夏芽は頷いてすぐに「いいえ」と言い直したが、一度口にした言葉は消せない。

気まずい思いで黙っていると成澤が頭を下げた。

「こちらもすまない。君たちを見下しているつもりはなかったんだが、俺の言い方がまずかった」

「い、いえ……すみません、私こそ失礼なことを……」

そういえばこの人は初めて訪れたときも、お兄さんの非道を詫びてくれた。……やはり悪い人ではない気がする。

少しだけ気持ちが軽くなったものの、自分から喧嘩を売った後悔から、テーブルの板面へ視線を落として黙り込んでしまう。

するとと成澤が、「俺も本音を言うべきだな」と話を続けたので夏芽は顔を上げた。

正面に座る美男子は、腕を組んだまま言葉を続ける。

「光樹くんを引き取りたい理由の半分は家のためだ。君の言う通りだよ、俺は結婚願望が皆無だから、次の世代の跡取りが欲しいんだ」

あっさりと認めたのでとても驚いた。しかも今気づいたのだが、先ほどから彼の口調が砕けているような気がする。

「それ、言っちゃってもいいんですか」

「よくないな。でもきちんと言うべきだと思ったんだ。君たちは俺にとって親戚になるし」

「姉と成澤さんのお兄さんは結婚していませんが、そういう場合も親戚と言うんでしょうか」

「普通は言わないな。だが光樹くんをこちらが引き取って、それで終わりにはできないだろ。君はあの子の母親なんだから、今後も交流は続くんだし」

――母親。

その言葉に悪い意味は含まれておらず、ただ真実を告げているだけの平坦な口調だった。だからこそ夏芽の心に成澤の言葉が浸透し、救われるような感慨《かんがい》を抱く。

止めることもできず双眸《そうぼう》から涙が勢いよく噴き零れた。夏芽が呆然とした表情のまま突然泣き出したため、成澤は仰け反って目を剥いている。

る。

「……すみません……なんでも、ありません……」

箱ティッシュを引き寄せて涙を拭《ぬぐ》っていると、冷淡なイメージがある成澤がうろたえてい
「いやでも、大丈夫なのか？　そんな泣き方……」

「すみません、ちょっと、嬉しかっただけです……」

「嬉しい？」

はい、と小さく呟いた夏芽は涙を拭きながら、とつとつと心情を漏らした。自分が周囲から母親として見られるときは、責められる場合がほとんどだと。

光樹の母親といっても自分は後見人でもない、ただの叔母だ。子どもに何か問題が起きて夏芽が駆けつけると、『こんな若い子が育てているのか』とか、『叔母が母親代わりだから駄目なんじゃないか』といった心ない言葉を投げつけられる。

「だから、ミツくんのお母さんって、認められたようで……嬉しかったんです……」

「そんなの当たり前だろ。子どもを育てているなら若いとか叔母とか関係ない。それに叔母が駄目なら俺が引き取っても父親失格なんだろうけど、君に駄目出しするような連中って男には言わないんだよ。弱い者いじめと一緒だ。聞くに値しない」

「はい……私も頭では分かっているんですが、そういう人たちって相手が言われて一番嫌な言

葉を的確に使ってくるんですよね……」

淋しそうに眼差しを伏せる夏芽の口元に、諦念《ていねん》の笑みが浮かぶ。それを見た成澤は思わずといった体《てい》で身を乗り出した。

「君が光樹くんを大切にしていることは分かっている。調査書にも子育てのメインは白川さんでなく、君が高校生のときから頑張っていたと書かれていた。自信を持っていい」

……嬉しいのだが、こちらの調査をしていたんだなとモヤモヤした感情がこみ上げてくる。それでも成澤の表情や眼差しがとても真摯だったので、ありがたく受け止めておいた。嬉しいことには変わりないので。

そして自尊心が慰められたのか、このときになってようやく彼を客観的に見ることができた。できればこの世から消えて欲しい人だと考えていたため、今まで宇宙人を相手にしている感覚だった。

とても綺麗な人だと改めて思った。

初対面のときから成澤がイケメンだと認識していたが、こうして相対していることが奇跡なほど美しい男であることを認めて、少し落ち着かない。

急に恥ずかしくなって美貌を直視することができず、夏芽は眼差しを横にずらし、「ありがとうございます」と小さな声で呟いた。

――なんだか、こそばゆい……

ずっと光樹の母として生きてきたため、異性を意識する心の余裕などなかった。だからこれほどの美男子と同じ空間にいると、身の置き所がなくなってしまう。まるで皮膚をそっと撫でられているようで、くすぐったくて頬が熱い。

明後日の方角へ視線を向ける夏芽は、紅潮する自分に艶《つや》があるなどまるで気づかなかった。所帯やつれしている枯れた印象の女性が、急に花開いたかのように潤って、年相応の愛らしさまで零れ落ちる。

その様子を認めて成澤が瞠目《どうもく》するが、すぐにわざとらしく咳払いして話を戻した。

「光樹くんを引き取りたい理由だけど、半分は家のためだが、もう半分は間違いなく光樹くんのためだ。彼を放っておくわけにはいかないのは、俺の兄みたいになって欲しくないからだ」

「お兄さん……姉の恋人だった方ですか？」

「そう。兄貴もギフテッドだった」

「えっ」

身の上話になるけど、と前置きして成澤が溜め息混じりに過去を話し出す。

成澤と兄の俊道は、十も歳が離れている兄弟だった。弟が生まれたとき十歳だった俊道は、母親を奪われないよう、ありとあらゆる手段で母と弟を引き離した。

「神童として親の関心を独り占めしていた子どもだ。弟の存在が邪魔だったんだろうな。俺が赤ん坊の頃、兄貴はおふくろへ上手に甘えて独占していたらしい。俺が成長すると徹底的にいじめてきた」

兄にいじめられていることを母親に訴えても、俊道は親の前だと弟想いのいい兄を演じて傷ついたフリをする。コロッと騙された母親は次男へ、『お兄ちゃんがそんなことするわけないでしょ』と叱りつける始末。

「兄貴は成長すると、今度は他人を支配することに夢中になった。その多くは女性だ。あいつは顔が良かったから、操る女性には事足りていたし」

両手の指では足りない数の女性たちと付き合い、身も心も支配してから捨てて、自分に縋《すが》りついてくる相手を嘲笑《あざわら》っていたという。そんな外道《げどう》を繰り返していればいつか刺されそうなものだが、決して恨まれることなく上手に立ちまわっていた。

その女性が喜ぶ言動を繰り返し、他の女性たちの存在を綺麗に隠し、ときにはちらつかせ、笑顔で嘘を吐き、多くの女性たちと並行してもてあそぶ。付き合う相手が増えれば混乱しそうだが、彼の頭脳は女性たちをきちんと仕分けていた。

「……私の姉も、その一人だったんですね」

まるでサイコパスのようだ。道徳観念や倫理観が欠落した利己的な人間。そういう者は他者に共感することがないため、非道なことも平気でできると聞く。

だがここで成澤は宙を睨みつけた。

「君のお姉さんは……ちょっと違うんだよな」

「違う、とは？」

「兄貴は支配した女性との思い出を残さないクズなんだ。写真とか贈り物とか平気で捨てる。でも兄貴の部屋にはお姉さんの写真がいくつかあって……」

夏芽の姉、弥生の写真が何枚か残されていたデスクの引き出しには、婚約指輪らしきダイヤモンドの指輪も隠されていた。リングの内側には『T to Y』との刻印があった。

「兄貴は支配女性へ物を贈るって人間じゃなかったから、その指輪を初めて見たときは、お姉さんの持ち物を盗んだんじゃないかって思ったぐらいだ」

その言いように夏芽は苦笑する。

「何があったんでしょうね。姉とお兄さんの間に……」

「さっぱり分からない。ただ、今は二人のことより光樹くんだ。なまじ頭がいい分、その能力に振り回されて道を踏み外す可能性だってある。大げさだと言いたいだろうけど、ギフテッドの兄貴を見続けていた俺からすると、彼らの高知能によって導かれる思考は凡人では理解しにくい」

その言葉に夏芽はそっと視線を落とした。

光樹は幼いなりにプライドが高い。からかわれた相手を言葉で言い負かそうとするとき、相手によっては容赦しないため、児童の中には傷つきすぎて登校拒否になった子もいた。その苛烈さを、怖い、と思ったことは一度や二度ではない……

黙り込む夏芽をよそに成澤の話は続く。

「だから光樹くんを適切な環境で育てたい。能力を伸ばす教育だけじゃなく、社会を生きていくために必要な、目に見えない力を学んで欲しいんだ」

感情のコントロールや忍耐力、目標に向かってやり抜く意欲、異なる価値観を受け入れる度量など、今のうちから身に付けて欲しいと、兄のようになって欲しくないと成澤は重ねて訴えてくる。

嘘を言っているようには見えない彼の様子に迷いが生じ、夏芽は答えを出すことができなかった。

結局、その日に結論を出すことなどできず、やがて成澤は引き上げていった。帰り際、直接連絡を取りたいと言われたため、ＳＮＳのＩＤを交換しておく。

玄関で見送る夏芽に成澤は丁寧に頭を下げた。

「光樹くんのことは、彼の将来にとって何が最善かを考えて欲しい」

彼のまっとうな言葉が鉛《なまり》となって、夏芽の胸の奥に重く圧《の》しかかってくるようだった。

§

一歳半を過ぎた光樹は活発に歩き回るようになった。

自分の足で行きたい場所へ動けることが楽しいのか、買い物へ行くときもベビーカーに乗ってくれない。おまけに興味を持った方角へフラフラと歩いていくため、目が離せない。そのくせすぐに疲れるのか、しばらく歩けば抱っこを求められる。

十キロの乳児は地味に重い。しかもジタバタと動き続けるため、十キロの米袋を担《かつ》いでいるのとはわけが違う。動く光樹を片腕で抱っこしつつ、もう片腕で荷物を載せたベビーカーを押して歩くのは、まさに筋トレだった。

――おんぶ紐を持ってくればよかった……

家の近くのスーパーへ往復するだけでもキツイ。そして梅雨が明けた今の時季は暑くて汗が止まらず、光樹の柔らかな髪の毛がペッタリと皮膚に張りついている。

水分補給をした方がいいかもしれない。夏芽は木陰で立ち止まると赤ちゃん用の水筒《マグ》を取り出し、ストロー部分を光樹の口元へ寄せる。ベビーマグの存在に気づいた光樹は勢いよく麦茶を飲み始めた。

夏芽も喉が渇いたので自分用の水筒を取り出す。

子育てをするようになってからは一方の手が塞がっていることも多いため、片手で蓋を開けられる直飲みストロータイプが重宝した。しかしそれを見た光樹はベビーマグを放り投げて夏芽の水筒を欲しがる。

『もう……マグが壊れたらどうするの』

溜め息を吐きつつベビーマグを拾う。光樹はすでにイヤイヤ期が始まっているのか、それとも我が強いのか、自分が望んだことが叶えられないとかんしゃくを起こす。エビ反りでギャン泣きする赤子を屋外で宥めるには体力も精神力も消費するため、夏芽は素直に自分の水筒を差し出した。

『ゆっくり飲むのよ……これは重いから一人で持てない……あっ！』

ベビーマグとは違って、ストローから流れ出す麦茶の量は乳児では飲み干せない。口から麦茶があふれて、光樹の胸元が薄茶色に染まった。

その際に麦茶が鼻に入ったのか、大きなくしゃみをした光樹は激しく泣き出してしまった。

あーあ、と深い溜め息を零す夏芽は、タオルで光樹のTシャツを拭きながら体を揺らして赤子をあやす。結局、泣かせてしまった。

赤ちゃんは泣く生き物だと分かっていても、この声を聞くだけで責められるような焦燥感を抱いてしまう。泣いて欲しくないとの願いが夏芽の心にあるため、光樹が泣くんじゃないかと神経質になりすぎていた。

おかげで子どもが寝ていても気持ちが落ち着かない。もうすぐ大学の試験《テスト》があるため焦りが募っていた。すでに一度留年しているため後がないのだ。

光樹を育て始めてすぐ、勉強などできる環境ではないと父親と共に悟っていた。

今では光樹も夜中に起きることはなくなり、夜間に勉強できると思ったが……甘かった。育児と家事で猛烈に疲れていると、机に突っ伏して朝を迎えることがほとんどなのだ。

父親もそれは痛いほど分かっているせいか、また留年してゆっくり卒業したらどうだ、学費は気にするな、と言ってくれる。だがさすがに二年続けて留年などしたくない。これ以上、無駄なお金を使わせるわけにはいかないのだ。

はー、と何度目かの溜め息が漏れる。このとき光樹が体をくねらせて地面へ両腕を伸ばした。どうやら歩きたいらしい。

仕方なくベビーカーを押しながら甥っ子の小さな手を握る。だがすぐに光樹は手を振り解《ほど》き、あらぬ方角へ駆け出してしまうではないか。それを数度繰り返したとき、光樹に引っ張られてベビーカーが倒れそうになった。

これはいかんと、子ども用ハーネスを光樹につける。これはトンボ型のリュックに迷子紐《リード》が付いており、光樹は嫌がらずに背負ってくれるため助かっていた。

しかし見た目が犬の散歩をしている状況に似ているため、すれ違う人たちから奇異な目で見られる。特に年配の人は責めるような視線を突き刺してくるのだ。

顔を伏せて歩いていると、すれ違った中年夫婦が聞こえよがしに大きな声を投げつけてくる。

『子どもが可哀相だわ。犬や猫じゃないんだから』

『あれって虐待じゃないのか？』

夏芽は唇を噛みしめて必死に聞こえないフリをした。

ああいう人たちの根拠のない中傷に耳を貸してはいけない。彼らは自分の理解できないことは、とりあえず貶《けな》しておきたいだけだ。

嫌みを言われると分かっていながら、ハーネスを我が子につける母親の動機や想いなど、彼らは考えようとはしない。気にするだけ無駄だ。

SNSでも、同じように批判されたお母さんが山のようにいる。それでもハーネスをつけるのは子どもの安全のため、光樹を守るためだ。自分の体面を守りたいがために外すわけにはいかない。

けれど悔しい気持ちは消えることがなくて、涙がこみ上げるのをグッと我慢する。

このとき前方の曲がり角からベビーカーを押す女性が現れた。彼女は光樹と同じぐらいの年頃の子をベビーカーに乗せて、抱っこ紐とおんぶ紐で二人の赤ちゃんを体にくくりつけている。

この暑い中、体温が大人より高い赤子を体の前後に張り付けているため、お母さんの顔には玉の汗が光っていた。

その人とすれ違う際、互いに目が合った。

――大変ですね！

――そちらも大変そうですね！

まったく知らない相手とアイコンタクトを交わしながら苦笑を浮かべる。そんなささやかな交流で荒《すさ》んだ心が少し軽くなった。

『……ミツくん、疲れたなら抱っこしようか？』

まだ言葉を理解できないだろうに、光樹はパッと振り向いて両腕を差し出してくる。その嬉しそうな顔に心が癒された。

笑顔で抱き上げると、『ママ』と甘えた声を出す。光樹は言葉を喋り出すのが早くて、真っ先に口にした言葉は『ママ』だった。

あの瞬間に感じた、泣き出しそうなほどの幸福と喜びは今でも鮮明に思い出せる。

夏芽はヨロヨロしつつも、乳児の滑らかで柔らかい肌に頬ずりをして歩く。家まであとちょっとだ。

『ママ、ママ』

その言葉だけで、焦りにも似た心の歪《ひず》みが解けていくようだった。

第二章

成澤とSNSのIDを交換した日の夜、さっそくメッセージが送られてきた。光樹の好みを尋ねたり、連れて出かけたいので行きたいところを聞いてくれないか、と。

夏芽は当初、光樹一人で行かせたら二度と帰ってこないのではと心配したが、数馬が未成年後見人である以上、それをやったら略取《りゃくしゅ》か誘拐罪である。

そのことを分かっていても不安が拭えず、光樹を一時《いっとき》でも成澤へ渡したくない気持ちがメッセージに表れてしまったせいか、成澤は夏芽も伴い三人で出かけようと言ってくれた。数馬も誘ってくれたが、父親は仕事明けのため留守番である。

そして次の土曜日、夏芽と光樹に成澤が加わるという、まるで親子三人のお出かけのような体裁で、遠方の航空宇宙博物館へ行くことになった。

光樹と出かける際に他人がいる状況は大変珍しく、なんとなく居心地が悪かった。しかし、成澤は夏芽たちのペースに合わせて付き添うだけで、こちらの鼻面を引き回すこともなく、サポート役に徹してくれた。

おかげでそれほど気詰まりにならず、光樹が外出を楽しめたのは喜ばしいことだった。が、意外でもある。

初めて家に乗り込んできたときの成澤は、機嫌が悪そうでピリピリとした近寄りがたい男だった。『君たちを見下しているつもりはなかった』と謝罪した彼だったが、本人が気づいていないだけで、やはり軽んじていたとは思う。

しかし本音をさらして話し合ってからは、成澤が築いていた壁が低くなったように感じた。さすがにクソ野郎は失礼すぎたと今では反省している。

——私をミツくんのお母さんだと認めてくれたのも嬉しかった……

自分は光樹を産んだわけでもなく、結婚もしておらず、十代から子育てをしていた。そのためシングルマザー以下の小娘だと蔑《さげす》まれることがあり、成澤もそのような人間と同類だと決めつけていたのだ。

おかげで彼への苦手意識が少し薄まってきたのか、以前ほど忌避《きひ》することはなくなった。

……とはいえ成澤と共に光樹を連れて歩くのは少し恥ずかしい。まるで夫婦が子どもと一緒にお出かけしているようで。

いやいや、成澤と自分では釣り合いが取れなすぎる。彼と光樹が並んでいれば間違いなく親子に見られるが、自分はオマケといったところだ。それを考えると鏡を見るたび、自分の平凡な容姿が悲しくなる。

成澤と光樹と三人で出かけるようになった一ヶ月後、再び誘いがあったとき、もう自分は必要ないだろうと遠慮しようとした。しかし光樹が猛烈に反対したのだ。

「僕だけで成澤さんの相手をしろって言うの？　間が持たないよ」

……それもそうかと考え直し、やっぱり三人で出かけることにした。まあ、成澤が「君はもう遠慮してくれ」とでも言ってきたら、そのときに光樹を説得すればいい。

成澤は養子縁組によって光樹の父親になろうとしているため、光樹の過去のエピソードなどを盛んに尋ねてくる。本人に聞いてください、と突っ撥《ぱ》ねるのも大人げないので素直に答えていたら、その回数が増えるに従って、美しい成澤の横を歩くことに慣れていった。


家族ではない、親戚とも言いにくい成澤との奇妙な関係が二ヶ月ほど続いた頃、成澤家当主夫人の克子《かつこ》――光樹の祖母――から、光樹を家へ招待したいとの連絡が来た。

夫人は光樹一人だけを連れ出すつもりだったが、当日、運転手役として母親と共に訪れた成澤が、「君も一緒に来ないか」といつものように誘ってくれた。

このとき克子が美しい顔を嫌そうに歪《ゆが》めたのを、夏芽は視界の端で見てしまった。とはいえ彼女はすぐに微笑み、「あなたもどうぞ」と言ってくれたが。

……ほんの一瞬、嫌悪を覗かせた顔はひどく恐ろしかった。

招かれざる客だと分かっていたため辞退したのだが、光樹が「なっちゃんと一緒じゃなきゃ僕は行かない」と言い出したため付いていくことにした。

車種は分からないが外国車だと思われる高級車に乗せられ、向かった先は名古屋《なごや》市内の閑静な住宅地だった。

成澤家はここに想像以上の広い敷地を有しているという。

道路から成澤邸を見ると、三階建てのビルのような外観だった。地下に作られたガレージに車を停めて二階へ上がれば、そこは広大なリビングダイニング。二、三十人ほどが集まっても狭くは感じない圧倒的な広さがある。

壁にガラスを多用しているせいか、長方形の敷地なのに奥まで自然光が行き届き、素晴らしく明るい。天井は高く、百八十センチ以上ありそうな成澤が飛び上がっても、まったく届かないであろう高さだ。

——豪邸って、こういう家のことを言うんだろうな。

夏芽が呆けていると、克子が手ずから紅茶を淹《い》れてくれた。……あまり美味しくない。もしかしてわざと渋いお茶を出したのかと思っていたら、光樹も成澤も微妙な顔つきで紅茶を飲んでいたため、単にお茶の淹れ方が下手なだけのようだ。

その後、さっそく克子によって光樹は家の奥へと連れ去られてしまう。夏芽は成澤に勧められて広いリビングで待つことにしたが、非常に落ち着かなかった。

白色系で統一された家具はモダンで、一つ一つの調度品も細部にまで個性が光る品がそろえられている。壁に飾られている絵画など自分ではその価値が分からないが、光樹が一目で画家の名前を挙げて、成澤夫人が大仰に褒めていた。

家政婦らしき人から、今度は美味しいコーヒーをいただく。皿に盛られた多種多様のプティフールはパステルカラーの愛らしい品で、添えられた果物も瑞々《みずみず》しく、見た目だけではなく味も逸品だ。

……映画やドラマの中で見たセレブの暮らしぶりが、そのまま目の前にあった。このような世界が本当にあるのだと、夏芽は複雑な気持ちを抱く。

同時に成澤が、光樹に適切な環境を与えてあげるには夏芽たちでは無理、と言い切った理由がよく分かった。

財力の違いなんて、このような暮らしを知らない自分はどれほど差異があるのかピンとこなかったが、レベルの違いを知った今となっては、彼らが光樹へ与えようとする環境は、本当に自分たちでは天地がひっくり返っても無理なのだと思い知らされる。

もしかしたら成澤は、それを理解させるためにこの家へ自分を招いたのかもしれない。

膝の上に乗せた夏芽の手が握り込まれる。よほど暗い顔をしていたのか、成澤が怪訝《けげん》そうに声をかけてきた。

「どうした？　体調でも悪いのか？」

「いえ……見下されても仕方がないと思いまして……」

「えっ」

「住む世界が違うとの言葉がありますが、本当にその通りなんですね……」

成澤に暴言を吐かせるほどの格差が胸に痛い。本当に彼の言う通りだ。自分たちでは光樹に最適な環境を与えてあげられない。頭では分かっていたのに本当は全然分かっていなかったのだ。

成澤家の申し出が、どれほどありがたいものなのかを。

——この幸運を、私が拒否して許されるの……？

夏芽の言いたいことを悟ったのか、成澤が慌てた様子で夏芽の隣に移動して顔を覗き込んできた。

「俺だって自分の力でこの環境を手に入れたわけじゃない。人の生まれは選べないんだ。君が恥じることなど何もない」

「はい……」

ほろ苦い想いを胸に抱えて夏芽はぎこちなく笑みを浮かべる。

このとき突然、己の左手を成澤が両手で握り締めてきた。ギョッとする夏芽は全身を硬直させる。

「大丈夫だ。光樹くんを強引に奪うなんてことはしない。養子縁組には白川さんと裁判所の許可以外にも、光樹くんのうちの子になるという意思が重要になるんだ」

未成年者を養子にする場合は、家庭裁判所の許可が必要になる。申し立てをする成澤や、養子となる光樹、代諾者《だいだく》——光樹の法定代理人である数馬——へ調査や審問が行われるのだ。

現在の裁判所では、複雑な立場に置かれた子どもが十歳前後の場合、ある程度は自己の意思を表すことができるとして、子どもの意思を確認し、審判にも反映させる傾向にある。

そう成澤は説明した。

まるで夏芽の側に立っているような言い方に目を剥くが、それよりも手のひらへ流れ込む温もりや力強さに、心臓が激しい鼓動を打って息が止まりそうだった。

「光樹くんを諦めるつもりはない。でも母親である君が納得する方法を模索していきたいと思っている」

彼が親身になって告げているのは理解できるのだが、美しい顔をズイッと近づけてくるから、男性に免疫がない自分にはキツすぎる。嫌だというわけではなく、ただただ恥ずかしくて。

「あの、手を、離してください……」

真っ赤になって夏芽がうつむくと、ハッとした成澤は慌てたように手を解放して体を引いた。夏芽は顔を背けて紅潮した頬を隠すが、耳まで熱いのでそこは隠しきれていないだろう。

「すまん。セクハラをしようと思ったわけでは……」

「いえ、そうは、思ってません……」

女性に不自由しないと思われる成澤のことだから、異性への垣根が低いのかもしれない。

その後は互いに黙り込んでしまったため、夏芽は光樹が戻ってくるまで、リビングに面した美しい中庭をぼんやりと眺めていた。

それから一ヶ月半が過ぎれば、もう週末は夏休みという盛夏になった。おかげで今週の光樹はとても機嫌がいい。夏休みは退屈な授業を聞かなくてもいいうえ、好きな本を思いっきり読める期間だ。彼もまた子どもらしく長期休暇を待ち望んでいる。

明日は終業式となる木曜日。その日は珍しく白川家の夕食に家族三人がそろった。会社員の夏芽と夜間に働いている父親が一緒に食事を取れる日は、数馬が休みの日に限定される。

彼は朝方に帰宅して午後まで眠り、その後夏芽の帰宅に合わせて夕食を作ってくれた。メニューはほぼカレーになるのだが、バリエーションが豊かで夏芽も光樹も数馬のカレーは好きだ。

本日は夏野菜をたっぷり使ったスープカレー。スパイスの複雑な辛みが美味しくて、食が細い光樹も今日はよく食べている。

その様子を嬉しそうに見守りながら、夏芽は子どもへ話しかけた。

「ミツくん、夏休みに行きたいって言ってた科学館だけど、週末に成澤さんが連れていってくださるそうよ。どうする?」

「……バアサンが付いてくるなら、お断り」

「こら、そういう呼び方をしないの。今回は志道さん、息子さんしか来ないわよ」

なんでも克子は海外旅行が趣味で、しょっちゅう日本を出ては買い物を楽しんでいるという。なので光樹に会いたがってはいるが、それはそれ、とばかりに家を空けているそうだ。

ふーん、と光樹は興味がなさそうな顔つきで頷いた。

夏芽は返事を急かすことはなくカレースプーンを手に取る。だが成澤の話題を出したことで、己の手に意識が集中して顔が熱い。

成澤に手を握られたのはもうだいぶ前のことなのに、何かの拍子に思い出してしまう己の自意識が憎い。しかも彼はすでに忘れているだろう。自分だけ何度も思い出しているなど情けない。

男性の体温は冷え性の自分より高めで、こちらの手など簡単に包み込むほど大きいのだと、そんなことさえ知らずに生きてきたから衝撃で。

無意識のうちに夏芽のスプーンの動きは止まっていた。泣いているわけではないのに瞳が潤んでいく。

その様子を光樹は見上げ、にこりと微笑んで口を開いた。

「なっちゃん、恋してるみたい」

「えっ！」

夏芽だけでなく父親も声を上げた。

「おまえ、好きな男でもできたのか？」

「できてません。――ミツくんも変なこと言わないで」

「だって最近、そんな顔してるんだもん。誰のことを考えていたの？」

「誰って……」

成澤の整いすぎた顔が脳裏に浮かぶ。だが自分は彼に恋をしているわけではない。成澤は光樹の将来に関わる人だから、意識せざるを得ないのだ。

それだけのことだ。

「誰のことも考えてないわ。強《し》いて言うなら、ミツくんのことかな」

「ふーん」

「それより週末だけど、科学館に行く？」

「バアサンが来ないなら、行ってもいいよ」

「――光樹、その呼び方はやめなさい」

今度は祖父からお叱りを受けた。すると小さな子どもは大人のように肩を竦める。

「あの人、ちょっとヤバいんだよね」

「ヤバいって、成澤さんのお母さんが？　どんなふうに？」

「まあ、なんとなく」

物事を論理的に説明する光樹が口を濁すのは珍しかった。そしてこういう物言いをするとき、この子は決して口を割らない。

なので聞かなかったことにした。

「じゃあ、成澤さんには了承のお返事をしておくわね」

「うん。なっちゃんも行くだろ？」

「……そうね」

いいかげん、自分だけあたふたとしているのは見苦しいと思う。

週末のお出かけは三人で行くことが決まった。


終業式を終えて夏休みに突入した土曜日。今日は朝から雲一つない快晴で、気温はぐんぐん上昇している。暑くなりそうだ。

今日は早めに科学館へ着きたい理由があるため、夏芽は平日と同じ時刻に起床し、おにぎりを握っていた。目的の施設やその周囲に飲食店がないのだ。

やがて光樹が起きてくると、彼は台所に立つ夏芽の横でその手元を覗き込む。

「なっちゃん、僕のシャケってある？」

「もちろん」

光樹はシャケおにぎりが大好きだ。そして明太子が入っていると不機嫌になる。どうも粒々の食感が苦手らしい。

そこで光樹は、今までおにぎりの具材として見たことがないツナマヨネーズがあることに気づいた。しかもそれを使ったおにぎりは明らかにサイズが大きい。

「もしかして、それ成澤さんの分？」

「そうよ」

「成澤さんの好きなもの、よく知ってるね」

「お聞きしたの」

「自分で作らないのかな」

「いつも車を出してくださるんだから、お弁当ぐらいこちらが用意するわ」

光樹は、鼻歌を歌いつつおにぎりを握る夏芽の横顔を見上げ、ふんふんと頷いてから顔を洗いに行った。

一時間後、白川家へ迎えにきた成澤と共に車へ向かうと、光樹はパッと表情を明るくした。

「かっこいい！」

男の子だけあって車に興味がある光樹が珍しくはしゃいでいる。

以前、成澤が光樹を連れ出したとき、長久手《ながくて》市のト○タ博物館へ光樹のリクエストで訪れたことがあった。その際に成澤が、展示車の後継となる車を所有している話になり、光樹が乗ってみたいと意外にもおねだりしたのだ。

「ねえねえ、写真撮ってもいい？」

成澤に聞きながらすでにスマートフォンを取り出している。夏芽は小学生にスマートフォンを渡すことは反対だったが、ある理由から今は持たせていた。

光樹が撮影してから車へ乗り込み東へと進む。目的地は岐阜県南東部の科学館だ。車がないと訪れるのは難しい場所にあるため、一度行ったことがあるものの二度目はなかった。運転役となる数馬は土日に休みを取りにくいのだ。

「私に運転免許があれば、父の車を借りて連れて行ってあげられるんですが……」

寂しそうに微笑む夏芽を、成澤が運転しながら横目で見た。

「免許を取らなかったのか？　運転できないと不便だろ」

「そうですね。まあ、なんとかやっていけたので……」

曖昧に答える夏芽をよそに、後部座席の光樹が口を挟んできた。

「成澤さん、ちょっとは考えなよ。僕が生まれたとき、なっちゃんは高校生だったんだよ？　それから赤ん坊を育てて大学へ通って家事もしてたら、免許を取るような時間がいつあるんだよ」

「ちょっとミツくん、私のことはいいから」

振り向いて子どもを窘《たしな》めるが、光樹の方は「別にいいじゃん」とお喋りを止めない。

「成澤さん、赤ちゃんを育てることがどれだけ大変か知ってる？」

「いや、なんとなくしか……」

「二、三時間程度ですぐ起きる赤ちゃんに付き合って、お母さんは慢性的に睡眠不足。一人になる時間はほぼなくって、赤ちゃんが眠っても家事をしなきゃいけないから自由もない。離乳食を作っても床に放り投げられて食べてくれない。子どもが歩くようになれば目が離せない」

バックミラー越しに光樹を見遣る成澤の美しい顔に、なんとも言えない表情が浮かんだ。

「それ……育児情報の本でも読んだのか？」

「ううん、ＳＮＳで赤ちゃんを育てているアカウントをたまに見てる。世のお母さんたちって、すっごい苦労してるんだなって分かるよ」

あと旦那さんへの愚痴がすさまじい。そう告げて笑う光樹を、成澤は奇妙な生き物を見るような視線で見つめた。

夏芽も形容しがたい顔になる。

「ミツくん、なんでそんなことしてるの？」

「なっちゃんがどんなふうに生きてきたか知りたくて。僕の行動原理は、なっちゃんだからね」

クスクスとからかうように笑う光樹へ、夏芽は苦笑を見せる。

「ありがとう、ミツくん。その知識は将来結婚してお嫁さんをもらったとき、きっと役に立つわよ」

「そうだね」

そこで光樹はスマートフォンとヘッドホンを取り出し、音楽を聴き始めた。マイペースなので、話すことに飽きると自分の世界に引きこもってしまうのだ。

夏芽は背後に向けていた体を元に戻し、気まずい思いで成澤に頭を下げる。

「すみません。ときどきミツくんは少し変わったことを言うんです。あまり気にしないでください」

子どもが母親を慕うのと同じだと説明すれば、成澤は分かったような分からないような顔つきで頷いている。

「まあ、光樹くんが君を好きなことはよく分かるよ」

「はい。私もミツくんが大好きです」

本心からの気持ちに自然と夏芽は微笑む。光樹はいまだにスキンシップをさせてくれるため、小さな体を抱きしめるときは幸福感が胸に満ちた。

その気持ちのまま嬉しそうに笑みを浮かべる夏芽を、成澤は前を向いたまま横目で何度も盗み見る。

そのとき。

「成澤さん、危ないから前向いて運転して」

自分の世界に入っていたはずの光樹が、バックミラー越しに成澤を見ている。

小さく動揺する成澤とは対照的に、夏芽は怪訝そうに振り向いた。

「成澤さん、ちゃんと前を向いているわよ」

「そうだね」

クスッと小さく笑った光樹は瞼《まぶた》を閉じ、それ以降は科学館へ着くまで口を開かなかった。

その科学館は、住宅街から離れた山の中に建てられていた。

中央自動車道を通って一時間程度で目的地に到着すると、光樹はイベント抽選券を求めて駐車場から走り出した。

早起きしてここへ来たのは、この抽選券が第一の目的である。本日はドローンの操縦体験が行われるのだが、参加は抽選だった。

それを車の中で聞いた成澤は、「ドローンぐらい買うのに」と言っていたが、夏芽は丁重に断っておいた。

以前、光樹が食い入るように見ていたECサイトのドローンは、カメラ付き高性能機種で子どものおもちゃとして与えるにはためらわれる価格だ。

抽選はお昼ごろに行われるため、それまで光樹は展示物を見たり、科学実験《サイエンス》ショーやワークショップを楽しむ。こういうとき、光樹は広い館内を一人で移動することが増えるため、スマートフォンを持たせているのだ。

以前、博物館で夏芽が光樹とはぐれてしまい、慌てて探し出したとき、見知らぬ中年男性が光樹を引きずるようにして館外へ連れ出そうとしていた。

夏芽が叫びながら駆け寄るとその男は逃げ出したが、光樹は下校時でも不審者に声をかけられることがあるため、それ以降、いつでも互いを呼び出せるスマートフォンを持たせている。位置情報の共有ができるアプリもインストールしていた。

とはいえ今日は親子参加型のイベントばかりなので、夏芽たち大人も光樹と共に行動している。彼はワークショップで発泡《スチレン》ボードとケント紙を駆使して、精巧な模型飛行機を楽しそうに作っていた。

その姿を成澤は不思議そうに眺める。

「天才児でも、こういうのが好きなんだな」

感心した声に夏芽は複雑な表情で頷いた。

「ミツくんは自分が知らないことを学ぶのは大好きです。学校は苦手ですが、今日のような自由参加のワークショップなら自分のペースで進められますし……」

光樹は作り方の説明を聞かず、自分一人だけ先に完成させてしまう。模型飛行機の型を見て自分なりに作り方を推測し、答えを導き出すのだ。そのため小学校の教室では授業を聞かない問題児だとされ、さらに共同作業から外れてクラスの輪を乱す厄介者扱いされてしまう。

「頭が良すぎるとは、難しいことでもありますね……夏休み中は体験型イベントがたくさんあるから、できるだけ参加させてあげたいです」

自分と父親の休日には光樹と共に外出すると話せば、成澤は何やら考え込んでいた。

そして昼の十二時。科学館の出入口近くにある掲示板に、ドローン操縦体験の当選者番号が貼られると、そこには光樹が持つ番号が入っていた。

大喜びの光樹を宥めて館内の休憩スペースに移動するものの、興奮してなかなかおしゃべりを止めない。「今日操縦するレーシングドローンのここが初心者用とは違う！」などと語り続けるのだ。

仕方なく成澤へ、「先に召し上がっててください」と保冷バッグから三段ランチボックスを取り出す。その途端、光樹がピタッと大人しくなった。

「食べる」

「え、あ、そう……」

切り替えの早さに付いていけないが、これも光樹の特徴だ。彼の気が変わらないうちにランチボックスをテーブルに広げて取り皿を配る。

光樹が嬉々としておにぎりを頬張ったせいか、成澤もつられて〝ツナマヨ〟のシールが付いたおにぎりを手に取る。

かぶりついた彼は不思議そうな顔つきになった。

「ちょっと歯ごたえがある？」

「あ、刻んだピクルスを入れてあるんです。苦手ではないですか？」

「いや、これすごく旨《うま》い……」

するとと光樹がまだ開けていないランチボックスを注視する。

「僕もピクルス食べたい！　ある？」

頷いた夏芽が蓋を開けると、さっそくきゅうりのピクルスへ手を伸ばした。

「なっちゃんのピクルス、美味しいんだよね」

「へえ……」

「大したものは用意していませんが、たくさん食べてください」

ピクルス以外には定番の鶏から揚げや玉子焼きのほか、レンコンの甘辛つくね、かぼちゃとチーズの茶巾絞り、カレー味のジャーマンポテト、アスパラのベーコン焼き、などがある。

舌が肥えていると思われる成澤に差し出すのは緊張したが、「どれも旨いよ」と言ってくれたのでお世辞でも嬉しかった。

やがて光樹は腹が満たされると、「ドローン見てくる！」と休憩スペースを飛び出していってしまう。夏芽は慌てて子どもを追いかけ、保冷剤をくるんだ薄手のタオルを首に巻いてやる。冷房が効いた館内から真夏日の屋外に出るのだ、熱中症が怖い。

なんやかんやと光樹の世話を焼いていた夏芽は、ようやくホッとして弁当を食べ始める。操縦体験は親子参加型ではないため、大人組はのんびりできた。

そこで成澤がおもむろに口を開く。

「光樹くんのことだけど、まず教育環境を整えたいと考えている。彼はすでに小学校での授業を必要としていないようだから、もう登校せずにホームスクーリングで好きな勉強をさせてあげたい」

ホームスクーリング——家庭で学習する教育形態のことを指す。授業のフォローアップ的なものではなく、授業そのものに代わる勉強方法だ。

光樹は学習意欲も好奇心も十分にある。ただレベルに合わない学校の授業が苦痛なだけで。

「子どもの能力に合った家庭教師を派遣してくれる企業が東京《とうきょう》にあって、ギフテッド教育の専門家に光樹くんを任せようと思う」

「えっと、東京へ光樹を通わせるんですか？」

「いや、家庭教師をこちらへ呼び寄せる。俺としてはアメリカの大学のギフテッドプログラムも取り入れたい」

ただ、家庭学習だと出席日数が足りず高校受験で不利になりやすいため、高校進学は公立も私立も難しくなる。なので通信制高校を選びホームスクーリングを続けるか、海外へ留学かのいずれかになる。成澤は海外留学を推したいそうだが、同時にそれは光樹と共にじっくり考えればいい、とも語った。

成澤の話を聞く夏芽は、急速に食欲が失せて視線を落とした。光樹のためを思ってここまで考えてくれるのがありがたい反面、これ以上は成澤家の申し出を撥ねつけられないと悟って。

日本の教育は画一的だ。クラス全員が足並みをそろえて同じ教育を受けねばならない。教師陣も一人一人の未来を考えて教鞭を執《と》ることなどできず、担任となったクラスの一年間のことを考えるのがやっとだ。そういう仕組みだから。

自分と父親では、ギフテッド教育の専門家への伝手《つて》など持たないし、東京から講師を呼び寄せるなんて資金もない……

うつむいて唇を噛みしめると、成澤が意外なことを話し始めた。

「そこで相談なんだが、光樹くんと一緒に名古屋へ引っ越してこないか」

「……え」

夏芽の予想では、成澤の話は最終的に〝光樹のために彼を引き取りたい〟へ行き着くと考えていた。そのため予想もしていない流れに顔を上げて目を瞬かせる。

――私も一緒に？

脳裏に疑問符が浮かび上がった。意味が分からずに成澤の整いすぎた容貌を見つめれば、彼は今まで見たことがないほど真剣な表情で見つめ返してくる。

「家庭学習なら君の家でもいいんだけど、専門の家庭教師を岐阜に派遣するより名古屋の方が効率がいい。だが引っ越してくると今度は君の通勤に時間がかかる。もし君さえよければ、転職先を紹介することもできるが……」

言いにくそうに告げる成澤の言葉を、夏芽はやっと理解した。そして首を傾げる。

「私は、成澤さんにとって邪魔者なのでは……？」

その瞬間、成澤の形のいい眉が思いっきり顰められた。

「邪魔なわけないだろ。前にも言ったはずだ。君は光樹くんの母親だと」

「でも……」

「まあその気持ちは分かる。ただ、これは白川さんが許可してくれないと成り立たないプランだ」

未成年後見人《かずま》と未成年者《みつき》が離れて暮らすことになるため、夏芽を新たな未成年後見人にしなくてはいけない。数馬が辞任してバトンタッチするか、それとも二人で後見人の役割を分担するか、どちらでもいい。

そのことに彼女はひどく驚く。

「後見人って、一人だけじゃないんですか？」

「複数でもいいんだ。君が光樹くんの監護と養育を担当するとして、後見人の申し立てをすればいい」

この申請もまた家庭裁判所の許可が必要だが、数馬の承諾さえあれば、すんなり通るだろうと成澤は語る。

「仮に白川さんも引っ越してくれるなら、後見人はそのままだ。三人で暮らせる家を用意する」

「いっ、いいえ！　そんなことさせられませんっ。本当に引っ越すことになったら、自分たちで部屋を探します」

「すまん。たぶん住む家は指定することになると思う」

「えっ、どうしてですか?」

そこで成澤が苦い表情になった。彼はテーブルに肘を突くと指先でこめかみを押さえる。

「うちの近くじゃないと、おふくろがこの話を許さないと思うから」

夏芽が新たな後見人になって光樹と共に名古屋へ移る。この案に母親の克子が猛反対しているという。

夏芽が未成年後見人になれば、光樹について何をするにも彼女の許可が必要になる。そして養子縁組をしないならば光樹の名字は白川のまま。

母親はそれが許しがたいのだろうと、成澤は溜め息混じりに話した。

「……それは、そうでしょうね」

夏芽は弁護士の倉橋に言われたことを思い出す。光樹は渡さないのに支援だけは欲しいだなんて、あまりにも虫のいい話ではないかと彼は告げた。まったくもってその通りである。

成澤家の近くに住むということは、成澤夫人の干渉を多大に受けることになるだろう。しかしこれは交換条件として、夏芽たちが受け入れなくてはいけないことだ。

成澤いわく、父親は孫ができたのは嬉しいが、仕事が第一の人間なので、そこまで光樹に執着してはいないらしい。

「おふくろさえ説得できれば、なんとかなるはずだ」

そう話しながら大きな息を吐く彼は、成澤家の人間なのに、まるで自分たちの味方のようだと夏芽は感じた。光樹の未来を、板挟みになってまで案じる彼に感謝の気持ちがあふれる。泣き出しそうなほどの感慨が胸にこみ上げた。

「ありがとうございます……本当に……」

深く頭を下げすぎて夏芽の額がテーブルにつきそうだった。

成澤が慌てて彼女の両肩をつかんで体を起こす。

「光樹くんの存在を知って、私利私欲に走り彼を欲しがったことを今は後悔している。十年も彼を育ててきた君に子どもを手放せなんて……すまなかった」

「いいえ。ミツくんのこと考えてくれて、すごく嬉しいです……」

このとき二人の間をフッと影が横切った。夏芽と成澤が同時に視線を動かすと、窓の外ではいくつかのドローンが浮いている。

機体を見上げる笑顔の光樹も見えた。子どもらしい無邪気な表情。あの笑顔を守ることができるなら――

「私……名古屋でもどこでも付いていきます。ミツくんのこと、どうかよろしくお願いします」

「ああ。俺もおふくろが頷くよう努力するよ」

ほんの少し疲れた表情を見せる彼の様子から、母親の説得はかなり難しいことだと窺《うかが》える。それでも光樹のために動いてくれる彼へ、心から感謝した。

それから一時間後、ドローンの操縦体験をして大満足の光樹は、「もうやりたいこともないから帰る」と言い出した。

まだ午後の早い時刻だったため、成澤が「どこかに寄っていこうか?」と聞いた途端、光樹は「水まんじゅうを食べたい!」とリクエストした。

水まんじゅうとは岐阜県大垣《おおがき》市の名物で、あっさりとした餡《あん》が半透明の皮に包まれているお菓子である。水に冷やされて売られており、つるりとした口当たりと喉越しは、まさに夏のお菓子といった味わいだ。光樹は出来たての水まんじゅうをお店で食べるのが大好きだった。

大垣市へ行くには帰り道が少し遠回りになるのだが、成澤は快く引き受けてくれた。

大垣駅前にある和菓子店へ行くと、店先の水槽では、まんじゅうが入ったお猪口《ちょこ》が水の中にたくさん冷やされている。その様子を珍しそうに眺める成澤をよそに、店内へ入った光樹はさっそく水まんじゅうを注文した。

水と共に提供される水まんじゅうをスプーンですくうと、柔らかい餅《もち》のような皮がプルプルと震える。ひと口で水まんじゅうを味わった成澤は、「旨い」と小さく呟いた。

上機嫌の光樹を連れて岐阜市内の家に着いたのは午後三時半。まだ数馬が出勤する時間ではないため、成澤は彼に挨拶をしてからお暇《いとま》すると告げた。

マンションに近づいたとき成澤が低い声を漏らす。

「……うちの車がある」

前に一度、成澤夫人が訪れたときに乗せてもらったマセラティが、建物の脇に停めてあった。

身を乗り出した光樹が、「ホントだ、ナンバーが同じ」と告げたため、成澤が『そんな細かい数字まで覚えているのか』といった表情で振り返る。が、すぐに視線を前方に戻した。光樹の能力に驚くことにも慣れてきたようだ。

成澤がマセラティのすぐ後ろに停車して車を降りると、前車の運転席から中年男性が姿を現した。この暑い中、きちんとスーツを着用している彼は丁寧に頭を下げる。

「お帰りなさいませ、志道さん」

「藤田《ふじた》さん……もしかしておふくろが来ているのか？」

頷く藤田と呼ばれた男性を、光樹が車から降りて見上げ、「その人、誰？」と成澤へ声をかけた。

「藤田さんはうちの資産の管理とか、家のことを色々やってくれる人だよ」

「へえー、すごい。もしかして執事さん？」

藤田がニコリと微笑んで頷いた。

「あなたが光樹さんですね、初めまして。私のことは執事だと思ってくださって構いません」

「ワインを注《つ》いだり、紅茶を淹れたり、殺人事件の推理をするの？」

「ワインや紅茶は業務の範囲内ですが、殺人事件の推理はいたしませんね」

「ちょっと、ミツくん……」

おかしなことを聞き始めたので、慌てて小さな体を成澤の車に押し込もうとする。

このときマンションの出入口から数馬と克子が出てきた。

彼女は光沢のある軽やかな生地の上品なワンピースを身にまとい、夏芽でも知っている超高級ブランドのバッグを持っている。そこにいるだけで富裕層のマダムだと分かりやすい姿で、衆目を集めていた。

そのような視線など意に介さない克子は、目ざとく光樹を認めて喜色を表す。

「まあっ、光樹くん！」

孫に駆け寄るが、光樹はサッと成澤の車の中に入って扉を閉めた。おまけに素早く内側からドアをロックしてしまう。

拒絶を表す態度に夏芽はひどく驚いた。成澤夫人とは一度しか会っていないのに、ここまで苦手とするなんて。

しかし克子の方は孫の様子など歯牙にもかけていない。

「光樹くん、おばあちゃんですよー。ここを開けてちょうだい」

周りの目をまったく気にしないのか、克子が猫撫で声で車内へ呼びかける。それを息子が咎《とが》める声で制止した。

「やめろよ。それよりなんでおふくろがここに来てるんだ」

「ちょうどいいわ、志道。光樹くんはうちの子になったから、このまま連れて帰りなさい」

え、と成澤と夏芽が同時に声を上げる。

「どういうことだ。裁判所の許可もなしに勝手なことはできないぞ」

「そんなもの必要ないわ。私が光樹くんと養子縁組をするから」

「はあぁ？」

成澤が素っ頓狂な声を放ったと同時に、隣に立つ夏芽が目をみはる。対して母親の方はあいかわらず周囲の目を気にしておらず、盛んに光樹へ声をかけ続けていた。その光樹はドアをロックしたまま寝たふりをしているが。

そこで藤田が、はしゃぐ克子をやんわりと止めた。

「奥様、まだ養子縁組の手続きをしていませんから、光樹さんを連れて帰ることはできませんよ」

「そうなの？　もどかしいわねぇ」

「今日はいったん帰りましょう。後日、きちんと手続きをしてから迎えにきた方が、光樹さんも心の準備ができますでしょう」

「仕方ないわね。――じゃあ白川さん、明日光樹くんを迎えにきますからね。ああ、荷物はまとめなくて結構よ。私が新しいものを全部用意しますから」

声高に宣言する克子はひどく上機嫌な様子で、藤田が開けたドアからマセラティに乗り込んだ。成澤と夏芽は想定外の事態に呆然としていたため、詳しいことを聞こうと止めることさえできない。

車が去っていくと真っ先に反応したのは光樹だった。ロックを解除して車から降り、夏芽の腰に抱きつく。

「バアサン、いなくなったよ」

ハッとして夏芽が光樹を見下ろせば、愛らしい子どもはいつもとまったく変わりない表情で見上げている。少し動揺が落ち着いたため、父親に視線を移した。

「お父さん、いったいどういうことなの……？」

成澤夫妻は次男と孫の養子縁組を望んでいたのではないのか。現時点で唯一の跡取りである成澤の、さらに跡取りとして。あと相続の問題で、祖父母と孫の養子縁組だと、光樹の遺産の取り分が増えてしまうとかなんとか……

混乱と驚愕で舌がうまく動かなかった。数馬は狼狽《ろうばい》する娘の様子に顔を背ける。

「……説明するから家に入りなさい。暑いだろう」

そして成澤に目を向けると軽く頭を下げた。

「志道くん、光樹と遊んでくれてありがとう。これからもこの子を頼む」

いつもより疲れた声に、何があったのかと夏芽がうろたえていたら、成澤がやや苛立《いらだ》った声を発した。

「白川さん、待ってください。光樹くんと母の養子縁組など私は聞いていません。いったい――」

「すまない、それはご家族に尋ねてくれ」

成澤の言葉を遮った数馬は、彼に背を向けると光樹の手を引いてマンションに入っていった。

納得しがたい表情の成澤と、父親の背中を交互に見遣る夏芽は、とにかく説明を聞きたかったので成澤へ頭を下げた。

「今日はありがとうございました」

いや、と首を振る成澤は、苦虫を噛み潰したような顔つきになると夏芽の不安げな顔を見下ろす。

「おふくろの言ったことは、俺は本当に聞いていない。何がどうなっているのか……」

彼はあくまで、光樹と夏芽はセットで動かした方が子どものためにもいいと考えている、母親が何を企んでいるのか分かったらメッセージを送る、と言い残して名古屋へ戻っていった。

夏芽は彼を見送ってから家の中に入る。とりあえず汗で湿った光樹の服を着替えさせると、光樹は和室で寝そべりながら本を読み始めたため、そっと扉を閉めた。

自分も服を替えてからダイニングテーブルにつく父親の前に座る。

「ねえ、どういうことなの？　成澤さんのお母さんがミツくんと養子縁組するとか、明日迎えにくるとか……」

「明日は早すぎるから少し時間をくれと言ったが、やっぱり聞いていなかったんだな、あの人……」

「ちょっと待ってよ。その言い方じゃあ、ミツくんを成澤さんへ渡すことが決まったって感じじゃない。裁判所の許可が必要でしょ？」

「叔父が甥を養子にする場合はな。でも祖父母が孫を養子にするときは必要ないんだ」

「何、それ……」

養親《ようしん》になろうとする者や、その配偶者の直系卑属《ひぞく》――子や孫――を養子にする場合は、家庭裁判所の許可は不要だった。成澤夫妻が役所に養子縁組届を提出するだけで、彼らは光樹の養親になれる。

それというのもちょうど数日前、行方不明である成澤家の長男・俊道と光樹を父子とする認知の訴えが認められた。法的に光樹は俊道の子となり、成澤夫妻の孫になった。これを受けて克子は光樹との養子縁組に踏み切ったという。

「……奥さんは、あくまで光樹と志道くんを養子縁組させたいらしい。だがこのままでは光樹を引き取れないと悟ったんだろう。とりあえず裁判所抜きの方法を選択したんだ」

裁判所という第三者が関わらないなら、養子縁組は数馬と克子の話し合いのみで決められる。

光樹を引き取りさえできれば、その後に改めて次男と孫を養子縁組させればいい。このとき成澤と光樹は兄弟の関係になっているが、養子縁組は可能である。家庭裁判所の許可も変わらず必要になるが、光樹が成澤家に引き取られた状況ならば、反対する者は誰もいない。

夏芽は光樹にとって遠くで暮らす親戚の一人でしかないから。

そう説明する数馬に夏芽は身を乗り出す。

「待って！　ミツくんの縁組にはお父さんの許可が絶対にいるでしょ？　許さなきゃいいじゃない！」

「お父さんはもともとこの縁組に賛成だ。だが光樹はおまえに懐いているし、そのおまえは反対してる。しかも光樹を十年近く全面的に養育していたのはおまえで俺じゃない。だから裁判所の調査で引っかかると思ったんだ」

申し立てにおける許可の基準は、〝子の福祉〟に合致しているか否かとなる。白川家と成澤家、どちらで養育するのが子の福祉に適《かな》っているのか。

たしかに成澤家の方が格段に裕福で子の養育環境としては好ましいが、その背景には〝家〟の存続という大人の事情が複雑に絡まっている。

対して白川家は子が生まれたときから愛情を持って養育し、家庭も健全だ。そして何より、子が母親代わりの叔母に懐いている。二人の間には親子の絆があった。子が平穏な生活を送っている以上、養育環境の変化による子の心理的動揺は軽視できない。

「だから、裁判所がどう判断するか分からなくて迷っていた。でも裁判所が関わらないなら、お父さんは養子縁組を進めたい」

「そんな……ミツくんの意思は……」

夏芽が握り締めた拳を震わせたとき、「そういうことなら、僕は構わないよ」と背後から声をかけられる。

いつの間にか和室の扉が開いて光樹が立っていた。

「このケースだと僕の意思は関係なく縁組みが決まっちゃいそうだけど、まあ僕も賛成でいいよ」

肩を竦める光樹が、自分の人生における重要な決定にしては、あっけらかんとした声を出した。特に投げやりに言っているわけでもない様子に夏芽は呆けてしまう。

しかし数馬は、そのような孫を痛ましそうに見遣り目を伏せた。

「光樹、すまない」

「謝らないでよ。おじいちゃんが僕を厄介者扱いしたわけじゃないって、ちゃんと分かってるから。僕となっちゃんのためだよね」

ギフテッドの光樹へ、数馬ではどうあっても与えられない最適な環境を用意できるうえ、夏芽は母親代わりではなくただの娘として生きていける。

数馬が寂しそうに口元を歪めた。

「おまえはなんでも、お見通しだな……まだ九歳なのに……」

本当にすまない、と呟く数馬の声が震えている。己の不甲斐なさを感じさせる、やるせない響き。生まれたときから十年近くも育てている孫を追い出す非道を、彼もまた十分に理解していた。

「お父さん、早まらないで。成澤さん……志道さんがね、私を後見人にしてミツくんと二人で名古屋に来たらどうかって言ってくださったのよ」

数時間前に成澤から告げられた案を、焦っているせいか詰まりながら説明する。

数馬は重い溜め息を吐き出した。

「それで、おまえは光樹と引っ越して何をするつもりだ」

「何って……ミツくんは一人で生活できないでしょ」

「光樹の世話なら奥さんがいるし、そもそもあちらはお金で解決するだろう。志道くんに部屋や転職先まで用意してもらうなんて……厚意に甘えてお金持ちに寄生するなど、俺は断じて許さん」

絶句した夏芽が全身を震わせる。このとき隣の椅子に光樹がちょこんと腰を下ろし、夏芽の手の甲を撫でつつ祖父へ顔を向ける。

「おじいちゃん、それは言いすぎ。成澤さんはたぶん、なっちゃんを自分の手元に呼び寄せたいだけだよ」

「え……」

なんで？　と夏芽が疑問を込めて光樹を見下ろすが、彼はそれに答えず、頭の後ろで両手を組むと天井を見上げた。

「僕は成澤さんちに行くよ。色々と思うところがあるし」

「待ってミツくん、こんな大事なことを簡単に決めないで……」

「大丈夫だよ。二度と会えないわけじゃないんだから」

「私は絶対に嫌。あの人たちはミツくんがギフテッドだから欲しいだけよ。利用したいだけだわ。ミツくんの人生はミツくんのものなのに……」

耐えられず涙が零れ落ちた。一度堤防が決壊すると意志の力では止められず、ポロポロと大粒の雫がテーブルを濡らす。

絶望と悲しみでさめざめと泣く娘の顔を正視できず、数馬は席を立って鞄をつかみ「行ってくる」と呟いて家を出ていった。まだ出勤の時間には少し早いが、留まることができない様子だった。

「……なっちゃん、泣かないで。大丈夫、たぶんうまくいくから」

たしかに光樹なら成澤家でもうまくやっていけるのだろう。窮屈な学校生活から解放されて、自分の好きな勉強を好きなように思いっきり学べる、彼が切望する環境なのだから。

——やがて私のことなど忘れてしまうかもしれない。

この瞬間、自分のエゴを嫌というほど実感し、よけいに涙が止まらなくなった。

光樹を手放したくないのは自分のためだ。己の十年間を捧げた存在を失ったら、長い年月まで奪われた気がして。

誰かに愛され、心から求められる心地よさを失いたくなくて、ただただ自分のためだけに我儘《まま》を言っている……。

本当に子どものためを思うなら、その手を放すのが母親なのに。

己の狡猾《こうかつ》さや卑《いや》しさに吐き気がこみ上げる。温かくて柔らかな手が慰めてくれるのに、自分の愚かさを見抜かれているようで恥ずかしかった。声を上げて泣きつづけ、自分を誤魔化すことしかできなかった。

その後、弁護士の倉橋から、「養子縁組届を提出して、月曜日のお昼ごろに光樹くんを迎えにいきます」との連絡が入った。さすがに翌日に引き取ることはできなかったようだ。

そして夜になると、成澤から何度も電話がかかってきた。気力が湧かない夏芽が呼び出し音を無視していたら、やがて謝罪のメッセージが届いた。自分から光樹と夏芽の未来を提示したにもかかわらず、その日のうちに約束を反故《ほご》にして申し訳ない、と。

……おかしな話だと思う。成澤家の人間である彼ならば今の状況は喜ばしいことなのに。そして同時に、彼次第では光樹の養子縁組が引き延《の》ばされるのではないかという、かすかに残っていた淡い期待も崩れ落ちた。

——結局、あの人もミツくんを奪っていく側の人でしかない……

なまじ光樹と一緒にいられる希望を示された分、逆恨み的な気持ちを抱いてしまう。同時に己への嫌悪感で自嘲の笑みが零れた。

自分と光樹を一緒に呼び寄せると告げた、彼の誠意は本物だった。それを嬉しいと心から感謝した己の気持ちも本当なのに。

——なんて身勝手な人間だろう……

自分の利益になるときは相手を尊重するくせに、損失になると分かれば失望して恨む。私利私欲で相手への気持ちをコロコロと変える己が、心底汚《けが》らわしかった。

——私がこんな人間だから、幸運は逃げていったのかな……

だから成澤もこちらを見下したのかもしれない。

彼と初めて会った、まだ寒さの厳しい、春を待ち望む硬質の時間が脳裏に浮かぶ。スーツを着た背が高い美男子は、光樹が成長したらこうなるのだろうと思わせる姿だった。不機嫌そうな表情に見入ってしまい、視線を外すのに苦労した覚えがある。

目が離せなかった。

最愛の子が成長して親元を離れ、やがてまとまった休みの日に帰ってくる……そんなシチュエーションが脳裏の片隅をよぎったほどで。

そう。子どもは、いつか親の手を放して飛び立っていく。

……それが今になっただけ。

親離れをしたと思えばいい。どれほど悲しくても納得がいかなくても、やがて子どもは親よりも大切な存在を見つけて去っていく。けれど、子どもの心から親が締め出されない限り、十年の間に紡《つむ》いだ絆が切れることはない……

そう己に言い聞かせ、夏芽はこの日、光樹を抱き締めて眠りについた。もう部屋は別々で一緒に眠ることなどなかったのに、別れとなる月曜日までの短い間だけでも子どものそばにいたかった。光樹も拒絶することはなかった。

成澤への返信は、気を遣っていただいたことに対してのお礼しか告げなかった。それ以降、彼からのメッセージには既読もつけなかった。

月曜日。会社員の夏芽は当然出勤になるのだが、上司に相談して有休を取得することにした。

この日は高級車が二台もマンションの脇に停まったため、いったい何人やって来たのかと驚いたが、訪れたのは克子と倉橋弁護士と成澤の三人だった。

成澤も平日の今日は出勤だろうとの疑問を感じたが、何も聞かなかった。

あいかわらず高級感が漂う上品なスーツを着た彼は、水も滴《したた》るいい男だ。いつもよりかなり表情が硬いけれど、その面差しはやはり光樹にそっくりで。

焦《こ》がれるような気持ちで彼を見つめてしまう。いつか光樹もこのように成長するのだろうと。同時に、その過程を見守ることはできないと実感し、息ができないほど胸が痛む。

その気持ちが顔に出たのか、夏芽を見つめる成澤が先に目を逸らした。

夏芽と成澤は、他の人間が和室で話し合っている間、ダイニングテーブルで相対していた。克子が孫のご機嫌を取るように話しかける、はしゃいだ声を耳にしつつ、互いに視線をテーブルに落として黙り込む。

彼はしばらくすると、意を決したように夏芽を強い眼差しで見つめた。

「光樹くんのことを知りたければいつでも聞いてくれ。君があの子の母親であることは永遠に変わらないのだから」

とてもありがたいと思うのに、なぜか心が動かなかった。

儀礼的な返答をする夏芽の耳に、克子の「今日からおばあちゃんがママになりますからね！」との甲高い声が入る。

その瞬間、胸中にドス黒い粘ついた感情が渦巻くのを止められなかった。

——私が本当の母親なら、ミツくんを奪われることなんてなかったのに。

産みの親でもない、後見人でもない、ただの叔母がどれほど立場が弱いか、この十年で身をもって知っていたはずなのに。

　なぜ何も対策を取らなかったのか。成澤家が現れる前に光樹と自分が養子縁組していれば、自分が養親になってさえいれば、今日のようなことは起きなかった。法律という武器をもっと味方につけていればと、後悔しか浮かばない。

　やがて話し合いがまとまったのか、光樹は身一つでマセラティに乗り込んだ。生活や学習に必要な物は、克子が本当にすべて新品で用意するという。ランドセルなどの学用品も置いていくため、もったいないと思ったが、資産家の彼女にそのような感覚はないのだろう。

「なっちゃん、元気出して。また会いにくるから」

　窓を開けた光樹が夏芽へ声をかけると、子どもの隣に座る克子がムッとしたように眉を顰め、すぐに車を発進させる。

　十年間、我が子として愛した光樹はあっさりと消えてしまった。……別れがこんなにも簡単だなんて、知らなかった。

　光樹を乗せた車が消えた方角を見つめたまま、日陰のない道にたたずむ夏芽を真夏の日差しが容赦なく貫く。アスファルトの照り返しも強く、立っているだけで汗が滲む。天気予報は今日も真夏日になると言っていた。

　名古屋市も岐阜市と似た気温のはず。夏休み期間中は毎日暑くなるだろう。夏休みといえば、週末に行こうとしていた博物館は行かせてもらえるだろうか。

光樹と二人で行きたい場所をたくさん話していた。それは叶えてもらえるのだろうか……

遠くを見つめたまま動こうとしない夏芽に、数馬は踵《きびす》を返してマンションの中に入っていった。

成澤がためらいがちに彼女へ声をかける。

「いつでもうちに遊びに来てくれ。光樹くんも喜ぶ。連絡をくれれば迎えにいくよ」

ゆっくりと夏芽の視線が成澤へ向けられる。曖昧に微笑んだ彼女は小さく頷いた。『光樹くんを強引に奪うなんてことはしない』そう告げた彼の言葉が記憶からあふれ出てくる。

——嘘つき。

八つ当たりにも似た恨みが喉元まで込み上げてきた。

しかし彼を責めても仕方がない。子にとって叔母や叔父は、法定代理人や祖父母より法的に弱いのだから。

そして光樹も成澤家に行くことを自ら決めた。

——あの子は私の元にいるより、この人たちと暮らした方がプラスになると合理的に判断した。あの子は賢いなんて言葉で表せないほど知能が高くて、おじいちゃんの葛藤を肌で感じて、最良の選択をしたまで……

本当に、成澤を責めるのはお門違いだ。夏芽は己を叱咤して無理やり微笑み、目線を上げた。

「……ミツくんはときどき、何かを諦めたような大人と同じ表情をすることがあります。私はあの子にそんな顔をさせたくなくて、成澤さんに預けるんだって自分を納得させました。——どうか、あの子をよろしくお願いします」

頑張って笑みを浮かべたのに、成澤の顔が蒼ざめて愕然とした表情になっている。

よほど自分は変な顔をしているのかと奇妙に思っていたら、やがて彼がおそるおそる指先をこちらへ伸ばしてきた。

頬をなぞる皮膚の感触で、自分が泣いていることにようやく気づいた。

ぎこちなく笑いながら泣く女の顔など滑稽なのか、彼はひどく暗い顔をしている。形のいい唇が開いて、何かを言いかけたがすぐに口ごもって顔を背けた。

夏芽はハンカチで顔を拭くと、彼に背を向けてマンションへ入った。建物の中は真夏の日差しが遮られ、まだ明るい日中なのになぜか暗く感じる。

明るいのに昏《くら》くて。

光を失ったようで。

——ああ、そういえば……

光樹という名前は、姉と自分が考えたのだった。妊娠中期の超音波検査《エコー》で男の子だと分かったとき、どのような名前がいいかを二人で話し合った。

互いに出し合った意見の中で〝光樹〟に決めたのは、この子の未来が光に満ちたものであるようにと、大樹のように大きく育って欲しいとの願いを込めたから。

その光が消えてしまった。

雲一つない晴天だというのになぜか視界が暗い。

――ごめんなさい、お姉ちゃん……

フラフラとおぼつかない足取りで外廊下を歩く夏芽は、不意に視線を感じて立ち止まった。

三階から地上を見下ろすと、成澤がひどく思い詰めた表情でこちらを見上げている。だが今の自分に他人の心情を慮《おもんぱか》る余裕などなく、会釈をして家の中に入った。

そこでギクリと体が硬直する。

玄関に残った小さな長靴《レインシューズ》を見た瞬間、自分の中で何かが決壊する感覚があった。まるで走馬灯のように、光樹が生まれた頃からの記憶が頭の中を駆け巡る。

寝てくれない子だった。寝かしつけるのに苦労して、泣く光樹をあやしながら一緒に涙を零したこともあった。

ミルクをよく吐き出す子だった。離乳食も食べてくれなかったから、このまま痩せ細るんじゃないかと不安が続いた。

発育が平均より遅い子だった。検診のたびにひどく落ち着かなくて、体重の増え具合に一喜一憂した。

でも嬉しいこと、幸せなこともたくさんあった。

初めて寝返りを打ったとき。

初めてハイハイをしたとき。

初めてつかまり立ちをしたとき。

初めて歩き出したとき……。

あの子が一番初めに発した言葉は『ママ』だった。私を見てママと呼んでくれた。祖父を『じぃじ』と呼んだのはそれよりもずっと後だった。私を見てママと呼ぶたびに、あの子は輝くような笑顔を見せてくれて――

立っていることができなくなり、三和土《たたき》に崩れ落ち手を突いて声を上げて泣いた。

無意識に小さなレインシューズを抱き締めた。雨の日に履いたレインシューズには泥が張りついており、靴を抱く胸元が茶色に汚れていく。

玄関に飛んできた父親は、靴を抱き締めて三和土に蹲《うずくま》る娘に手を伸ばしかけ、すぐに自らの手を握り締めると自室へ逃げていった。

真夏の午後、灼熱の大気がドアの開閉によって玄関の空気を生暖かく包むのに、蹲る夏芽の心は真逆に冷えていく。

光が心に届かなくて。

涙が枯れるまで立ち上がることはできなかった。

床に小さな水たまりができるまで、泣き叫ぶしかできなかった。

§

大学四年生の夏は猛暑だった。夏生まれの夏芽はこの季節が嫌いではないが、さすがに最高気温が三十五度を超える日々にうんざりしていた。

しかし今日はそのような酷暑を吹き飛ばすほど気分が高揚している。

それを伝えてきたスマートフォンを握り締め、和室で大の字に寝転がってグフグフ笑っていたら、光樹が『なっちゃーん！』と声を上げつつ体に乗っかってきた。

『ぐえっ！』

圧迫された肺から息と共にひしゃげた声が漏れる。小柄な四歳児とはいえ、体重は十四キロもあるのだ。

『なっちゃーん、マルつけて！』

目を輝かす光樹の可愛い手には、小学校二年生のドリルがある。先日、書店に連れて行ったところ、どうしても欲しいとおねだりしてきた算数ドリルだ。超有名なモンスターキャラクターが描かれており、そのイラストに惹かれて中身を見た光樹は、『これ、やってみたい』と手から離さなかったのだ。

『もう全部解《と》いちゃったの？』

『うんっ、かんたんだった！』

本当かなぁ、と疑いながら赤ペンで一つ一つ添削していく。そこそこ時間をかけてすべてのページをチェックしてみると、たしかに間違いはなかった。

――全問正解って、どういうことなの、四歳児。

まさか解答を見て答えを写したのでは、と一瞬考えてしまったが、解答はドリルから外して自分が保管している。

本当にこの子は天才かもしれないと感心しつつ、夏芽はにっこりと光樹に微笑みかけた。

『えらいね、ミツくん。ぜーんぶ合ってるよ！』

『やったぁ！』

無邪気に喜ぶ光樹はパッと夏芽から離れ、今度はパズルブロックで遊び始めた。保育園でやり始めてからハマったようで、小さなパーツを駆使して様々なものを作っている。今は恐竜がマイブームらしく、部屋の隅にはティラノザウルスやらトリケラトプスやらが飾ってある。あれら全てを自分で考えて組み立てるのだから、大したものだ。

そしてふと、自分を呼ぶときに〝なっちゃん〟の呼称が定着していると気がついた。

半年ほど前からだろうか、保護者たちの間で、夏芽が母親ではなく叔母であることが流布し、それが児童にまで広まるということがあった。

すると夏芽が保育園へお迎えに行った際、光樹と同じクラスの女児から、『みつきくんのママはママじゃないんでしょ？　おばさんなんでしょ？　なんでママってよぶの？』と意地悪そうに問われ、光樹がその子を引っぱたくという事態になった。

……まあ、その女児は光樹が大好きとのことで、ママじゃない女に光樹が懐いているのが気に入らなかったと、担任の保育士から聞いている。女は何歳でも女なのだなぁ……

それ以降、光樹は夏芽のことを〝なっちゃん〟と呼ぶことが増え、今ではすっかり馴染んでいた。

ママと呼ばれることがないのは寂しいけれど、光樹からなっちゃんと呼ばれるのも気に入っている。

夏芽はドリルを本棚にしまいながら、子どもの賢さを実感して誇らしい想いを抱いた。

……しかし賢すぎるような気もする。知能の発達が少し早いだけかもしれないが、他の園児に光樹と同じレベルの勉強ができる子はいない。

とはいえ〝二十歳《はたち》すぎればただの人〟との言葉もある。今から心配しても仕方ないだろう。

夏芽は夕食を準備するべく台所へ向かった。


その日は午後十一時を過ぎて数馬が帰宅した。

すでに光樹を寝かせていた夏芽は、そっと自室の扉を開けて父親を出迎える。

『お帰りなさい』

いつもより明るい娘の表情から、数馬も察したようだ。

『もしかして、合格か？』

『うん、内定をもらったよ』

夏芽が満面の笑みを見せれば、父親も相好を崩した。

『いやー、良かった！　これで一安心だな』

心から喜んでいる声に夏芽も嬉しくなる。父親は自分のせいで娘の就職がうまくいかないと凹《へこ》んでいたから。

夏芽は大学三年生からインターンシップに参加し、就活に力を入れてきた。が、この時期になっても内定が一社からももらえなかったのだ。

一年生のとき留年したが、それは就活でマイナスになるわけではない。企業側は留年した応募者を何人も見ている。要は留年したことに負い目を抱かず、どうやって立ち直ったのか、挽回するためにどのように取り組んだのか、と前向きな回答を述べることが重要だ。

夏芽は光樹を引き取った経緯からその覚悟まできちんと話している。厳しい学生生活だったが得られるものもあったと語り、好印象を与えられたと手ごたえを感じた企業もあった。

しかし不合格が続く……。

やはり幼児を育てていることがネックなのだろうかと、父親と共にかなり悩んだものである。光樹が熱を出したら保育園に迎えにいかねばならない等、夏芽はリスクを抱えているのだ。自分と似たような成績の応募者で、面接の印象も悪くなければ、リスクの少ない方を企業は選びたいだろう。

——でも、最後まで諦めないで良かった。

父親が食事を温めている間にお茶を淹れた夏芽は、ダイニングテーブルについてホッと息を吐く。

食事をとる父親も満足そうで、安堵を滲ませる表情に夏芽もようやく気持ちが平《たい》らかになった。

数馬は半年ほど前から岐阜市内にある本社勤務ではなく、遠方の子会社へ通勤している。なんでも属していた派閥のトップが社内政治に敗北して辞任し、その後すぐ数馬に子会社への出向命令が下ったのだ。

二度と本社には戻ってこられない片道切符。要するに左遷である。

そのため朝は以前よりも早く家を出て、帰りはこのように遅い。光樹の世話に関わることができなくなってしまい、育児はすべて夏芽が担うことになっていた。就活スケジュールが崩れてしまったこともあり、彼は娘の将来をひどく案じていたのだ。

……人生とは、ままならないことの連続だと誰が言ったのか。

夏芽は父親の不遇を見るたびに、そのようなことを考える。だが今日は晴れやかな気持ちで笑顔も絶えず、白川家の食卓は久しぶりに明るい空気に包まれていた。

翌朝の土曜日。いつもより寝坊した夏芽は、光樹に揺さぶられて起こされた。

『なっちゃーん！　はいっ、プレゼント！』

パズルブロックで色とりどりの花を作り、それをまとめて上手に花束を表現した作品だった。

そこで夏芽は今日が自分の誕生日であることを思い出す。寝ぼけ眼《まなこ》をこすりながらも、硬質の花束を受け取って笑みを浮かべた。

『ありがとう。私、男の子に花をもらったのは初めてだわ』

『そうなの？　じゃあ、ぼくが大きくなったら、たくさんのお花をあげるね！　やっぱりまっかなバラがいい？』

どこでそのようなネタを仕入れたのか。思わず噴き出した夏芽は笑いながら首を左右に振る。

『バラは綺麗だし、もらって嬉しいけど……私はピンク色の方が好きかな。それで、カスミソウと一緒に包んであるのが素敵』

『ふーん』

カスミソウがどのような花か分からない。そう光樹の表情に記されている。だが子どもはすぐにニコリと微笑み、夏芽へ抱きつくとその頬にちゅっと吸いついた。

『じゃあ、いつかピンクのバラの花たばをプレゼントするね！』

『ありがとう、ミツくん』

そういうことはカノジョに言うべきじゃないのかな……と思ったが、どうせ成長すれば親など見向きもしなくなるだろう。

今このときだけだ。特に男の子など反抗期になれば、口を利いてもくれない場合があると聞く。子どもの成長はあっという間なのだから。

夏芽はパズルブロックの花束を安全な場所へ置くと、温かい小さな体を抱き締めて再びベッドに背中から倒れ込む。歓声を上げる光樹を足の脛《すね》で持ち上げ、左右に動かした。こうすると子どもが喜ぶのだ。

無邪気な笑顔できゃっきゃっと声を上げる光樹を見ながら、夏芽は己の心が幸福で満たされていくのを感じていた。

第三章

母親から届いた怒りのメッセージを読んだ志道は、深海よりも深い溜め息を吐いて己の秘書を呼び出した。

「帰る。残りの資料は家へ送ってくれ」

あまり自宅で仕事をしたくないのだが、こうなっては仕方がない。

執務室から出た志道は自分の車に乗って帰途につく。二十分ほどで到着したマンションでは、コンシェルジュから「ご子息がいらっしゃいましたが、鍵をお忘れとのことで部屋にお通ししてあります」と告げられて脱力感に見舞われた。

たしかに光樹のことは息子だと紹介してある。実際に養子縁組をしたので父子《おやこ》には間違いないのだ。忙しい志道に代わって祖父母のもとで育てられているため、別居中だと。

その子どもが父親と会いたいがために単身で訪れたら、大人は無下に扱えないと思う。おそらく光樹も、心細そうな表情を作って泣き真似でもして見せたはずだ。しかし……

――普通、俺に連絡ぐらい寄こすだろ。

まあ、おそらく光樹が、「お父さんを驚かせたいから、僕が来たことを秘密にしてね」とでも可愛らしくおねだりしたのだろう。

光樹は自分の、女の子と間違えられるほど愛らしい容姿が武器になると、よく分かっている。

子どもを自分の部屋に入れるなとコンシェルジュに言い含めることは可能だが、光樹のことだから「じゃあ、お父さんを待ってる！」とオーナーズラウンジで時間を潰す可能性があった。自分と同じ顔の子どもが、一人で何時間も待たされているのを見た住人やマンションのスタッフは、いったいなんと思うだろうか……

溜め息を吐きたいのをグッとこらえ、コンシェルジュに礼を告げた。エレベーターで高層階へ上がる。

カードキーでロックを解除して部屋に入り、まっすぐにリビングへ向かう。ドアを開けた途端、「おかえりなさーい」とのリラックスしきった声が志道を迎えた。

ソファで寝転びながら電子書籍を読む光樹が、笑顔で手を振っている。

志道は再び体中の力が抜けそうになった。

「おまえ……勝手に実家から消えるのはやめろ。おふくろが心配してるぞ」

「まっさかぁ。あのバアサン、僕がちっとも言うこと聞かないから怒ってるだけでしょ。お仕置きしたいから連れ戻せとでも言われた？」

「……それは言われてない。メシは抜いたと喚《わめ》いていたが」

腹は減っているかと確認すれば、光樹は笑って首を左右に振る。

「コンシェルジュさんに、『お腹空いたー』って頼ったら、近所のイタリアンからすごく美味しいピッツァとか届けてくれたよ」

「……そうか。ならいい」

「便利だよねぇ。こういうマンションに住むお金持ちって、自己顕示欲で無駄に高い家を買うのかなって思ってたけど、サービスが充実しているからなんだね」

輝くような笑顔で答える子どもへ何も言う気にならず、志道はとりあえず着替えることにした。スーツからデニムと薄手のニットに替えて、使用人の藤田へ光樹が見つかったことを連絡しておく。おそらく向こうも、この家に逃げ込んだことは分かっているだろう。

――光樹が無断で俺の家へやって来るのは、これで何度目だ……？

今現在、子どもの親権は自分が持っているものの、実際に養育しているのは母親だった。光樹を引き取った当初は、志道も実家に帰って子どもの暮らしぶりを見守っていた。が、当の光樹から『家庭教師さえいれば、オジサンがいてもいなくても変わりはないから』と用済みの烙印を押されてしまい、自分はマンションに戻っていた。

一応自分が親権者なのだから、連れて帰るべきではないかと思った。しかしこれまた光樹から、『この家の近くに図書館があるから、こっちで暮らしたい』とはっきり言われては引き下がるしかない。

おかげで孫を預かることになった克子は、嬉々として世話を焼き始めた。なのに光樹が祖母の言うことをまったく聞かず、反抗してばかりいるのだ。

光樹は克子の主張の矛盾点を指摘し、やることなすこと正論で否定する。光樹を子ども扱いしている克子は言い返すことができず、自尊心を傷つけられてヒステリックに怒り出すという繰り返しだ。光樹が来てからというもの、成澤の本家では克子の叫び声が聞こえない日はないらしい。

おまけに光樹の態度が悪い。克子を決して「おばあちゃん」と呼ぶことはせず、色々と……聞くに堪えない言葉でおちょくるのだ。なめきった態度を改めないため、怒りの沸点が低い克子は孫に振り回されてばかりだ。

そして光樹を引き取って一ヶ月後、ある日突然、子どもの姿が成澤家から消えた。克子だけではなく使用人たちも慌てふためき、誘拐か家出かと警察を巻き込む事態となった。が、なんと光樹は電車を乗り継ぎ、ＮＭＪファーマの本社へやって来たのだ。

光樹はエントランスの受付で、『成澤光樹と申します。成澤志道の息子です。お忙しいところ申し訳ありませんが、父を呼んでくださいますか？』と告げたらしい。

志道は光樹のことを公にしていないため、本来なら不審者として警備室に連れていかれるところだ。しかし、子どもの顔を見て、その主張を嘘だと思う社員は誰もいなかった。

志道はこのとき会議中だったのだが、『ご子息の光樹さんが一階受付にお見えです』との連絡を受け取って、一瞬頭が真っ白になったほどだ。

大慌てでエントランスまで迎えにいって保護したため、自分に隠し子がいるという噂が、その日のうちに社内中を駆け巡った……

なぜ会社に来たのかを詰問すれば、光樹は愛らしい顔に守ってあげたくなるような笑みを浮かべて答えた。

『家を出たかったけど他に行く場所がなかったんだよね。岐阜に戻ったら、おじいちゃんとなっちゃんが誘拐したって思われるかもしれないじゃん。だからオジサンを頼ったの』

志道のマンションを知らなかったため、スマートフォンで会社名を検索して本社を探したという。

帰りたくないからオジサンの家に泊めて、と告げる光樹を突き放すこともできず、その日は自分のマンションで休ませた。するとそれ以降、たびたび成澤家を抜け出し、マンションにやってくることが増えてしまったのだ。

志道はリビングに戻ると寝転んだ光樹の斜め前に腰を下ろし、疲れた表情で子どもを見つめた。

「……おまえ、理由があって家を抜け出してるんだろう。何が目的だ」

「あ、やっぱりバレてた？」

「実家で暮らしたいと言いながら俺の家に逃げ込むなんて、頭のいいおまえがやることじゃないからな」

「さすがオジサンは違うねぇ」

克子は、孫が志道をオジサン呼びするたびに、「お父さんと呼びなさい」ときつく叱っている。が、光樹は一向に聞く耳を持たない。

志道も言い直させることはしなかった。これが光樹なのだと、彼が岐阜で暮らしている頃から学んでいる。この非凡な甥が自分を父と呼ぶ場合は、利用したいときだけだろう。

夏芽はよくこの子を御《ぎょ》していたと感心する。それどころか尊敬する。

「おまえが素直ないい子を演じていないと、白川さんが悲しむだろう」

「そうだね、なっちゃんは自分の育て方が悪かったかもって、隠れて泣くだろうねー」

しれっと話す光樹を横目で睨む。

「おまえはそれでいいのか」

「よくないけど、こうでもしないとバアサンは僕を手放してくれないだろ。早く『思ってたのと違う』って熨斗《のし》つけて返してくれないかなぁ。早く帰らないと、なっちゃんが泣いたままだよ」

夏芽のことを話すときだけ、光樹の表情は年相応になる。彼女をどれほど慕っているか、その態度だけで察せられた。

そして彼女が泣いているということが嘘ではないと感じられるから、己の胸がしくしくと痛む。

「……光樹、なんでうちに引き取られたんだ。おまえが養子は絶対に嫌だって主張し続けたら、おふくろも諦めたかもしれないだろ」

「あのバアサンが諦めるわけないじゃん。オジサン、本気でそう思ってたら頭悪すぎるけど、そう言っておかないと説教が続かないから言ってるだけだよね？　その歳になれば自分の親の汚さぐらい見えてるよね？」

険しい声に変えてこちらを直視する子どもの言葉に、志道はグッと詰まって言い返せなかった。

お嬢様育ちの母親は自己中心的でわがままなうえ、自分の思い通りに物事が進まないと突然キレる。婿養子の父親が仕事人間で家庭を顧《かえり》みなかったのもあって、初めての子である俊道を猫可愛がりしたという。

次男も可愛いとは思っていたようだが、とにかく長男が母親の意識を自分に向けさせようと画策したため、次男の養育は家政婦と家庭教師に任せきりだった。おかげで志道はまともな人間に育ったともいえる。

ある意味、兄に母を独占してもらってよかった。……そう考えている時点で、すでに自分の母親が駄目人間であることを分かっているのだ。

光樹に指摘されてぐうの音も出ないでいると、彼はゴロリとソファに寝そべって天井を見上げる。

「あのバアサンはマジもんの老害だよ。あのまま僕がなっちゃんたちのもとにいたら、何をしでかすか分かったもんじゃなかった。初めて家に招待されたときなんて、なっちゃんの飲み物に何かを入れようとしてたし」

「なっ！　それ本当か!?」

「たぶんね。ほら、バアサンが自分で紅茶を淹れてただろ。そのときこっちに背を向けて、なーんか怪しかったんだよね。それで僕が手元を覗き込んだら、すごく慌てて何かを隠したもん」

光樹が、紅茶の淹れ方を見たいと可愛らしくおねだりしたため、機嫌をよくした克子はその後、何もしなかったという。

……たしかに母親は普段、自分でお茶を淹れるなんてことはしないと志道は思う。箸より重いものを持たない母親は、身の回りのことはすべて使用人に任せているのだ。

「下手にお金が有り余ってるヒステリックババアは本当に怖いね。でも、僕を引き取ってから手に負えないって放り出したら、もう二度と僕に興味を示さないだろ」

「……それで反抗しているのか」

疑問の口調に光樹は答えず、天井を見上げたまま目を閉じた。何かしゃべりだすのを待っていたが、子どもが口を開く様子はない。

九歳児に振り回されていると分かっていたが、志道から声をかけた。

「岐阜に帰るつもりでここに来たのなら、なんでそれを白川さんに言っておかなかったんだ。あらかじめ目的を知っていたら彼女も泣かずに済んだだろ」

するとと光樹は瞼を開き、「言えるわけないじゃん」と声を上げる。

「なっちゃんは真面目だもん。僕を犠牲にしたくないって、子どもはそんなことを考えなくていいって、反対するに決まってる」

「……そうか」

たしかに夏芽の性格では、自分の利益のために人を騙すことなどできないだろう。

「成澤家の中で話が通じるのはオジサンだけなんだよね。ジイサンもまともなんだろうけど、ずっと会社にいるから会わないし。バアサンは自分の理想通りのおもちゃになる孫が欲しいだけだし」

「そうだな。でもだからこそ、おふくろはおまえを諦めないぞ」

「だね。そのうち矯正と称して洗脳教育でも始めそうだ」

皮肉そうに笑う光樹の予想を、否定できないところが息子としてはつらい。

そして他人の性格や思考を正確に読み取る、光樹の能力の高さに舌を巻いた。

本音を言えば、この子は夏芽のもとへ返した方が情緒的にいいと思う。本人もそれを望んでいる。

だがその知能の高さから、やはり成澤家で相応の環境を整えた方がいいとも思う。

どうにかして二つの選択肢を一つにできないものだろうか。

やはり夏芽を名古屋に呼び寄せ、光樹と一緒に自分の目が届く場で援助するのが最適のように思う。だがそれだと母親は絶対に頷かないどころか、妨害してくるだろう。

これ以上、夏芽の心が傷つけられるのは避けたい。……傷つけているのは自分なのだが。

それを考えると、痛みのような憂《うれ》いのような形容しがたい感情が己の胸に満ちる。

光樹を引き取って以降、彼女からこちらへ、光樹の様子を窺うメッセージが送られてきたことは一度もない。それとなく理由を聞いてみると、光樹に早く成澤家に馴染んで欲しいため、あまり自分は関わらない方がいいとの返信だった。

……その心意気を見事だと思う。年下の女性だが自分よりよほど分別のある大人だ。

彼女は何よりもまず光樹のことを考えている。幸せになって欲しいと、稀有《けう》な能力に振り回されず心安らかに生きて欲しいと。

光樹の存在を知ったとき、調査機関からの報告で叔母が甥を育てているとあり、義務的に引き取った養育者にすぎないと軽んじていた。……とんでもない。彼女こそまさしく光樹の母なのに。

母親だと認められて嬉しかった、と大粒の涙を零した表情が記憶からいまだに消えない。あれだけ子どもに心を砕いている女性が、母親でなくてなんなのだ。

「……クソッ」

口の中で小さく呟いた志道は、組んだ両手の指を無意識のうちに蠢《うごめ》かす。

夏芽は自分がよく見る、上昇志向で二面性がある女たちとはまったく違う。彼女を知れば知るほど、馬鹿なことをしたと良心の呵責《かしゃく》にさいなまれた。

本当に、どうにかして彼女を援《たす》けることはできないだろうか……

考え込む志道は、光樹が叔父の顔を観察していることに気がつかなかった。

やがて光樹が「ねえ」と叔父に声をかけると、志道は一拍の間を空けて顔を上げる。

「ん？」

「オジサンはなんで結婚しないの？　あんたが結婚して子どもが生まれれば、僕はバアサンから解放されると思うんだけど」

クソ生意気な孫より、何もしゃべらない赤ちゃんの方がお人形としてふさわしいよね。と笑う光樹に志道は反論できない。

「……結婚は個人の自由だ」

「とは言うけどさ、成澤家レベルのお金持ちなら無理でしょ。バアサンちの敷地も広いし、有名な美術品とかいっぱいあるし、それに繁華街とかオフィス街にビルをいくつも持ってるって聞いたよ。オジサンが死んだら誰が相続するの。ハゲタカたちが骨肉の争いを始めるよ」

「……いつも思うんだが、そういうことはどこで覚えてくるんだ」

「最近読んだ本で、弁護士が主人公の漫画が面白かったから、もっと深く知りたくて専門書を読んだんだ」

成澤家の近くには図書館があり、判例集などの法律に関わる蔵書がかなりあるという。

九歳児のやることか、と志道は微妙な気持ちになった。

「まあ、知識を増やすのは悪いことじゃないけどな……」

「それよりもオジサンの結婚、結婚しないのは結婚自体が嫌なの？　それとも男の人が好きだとか？　バアサンにオジサンの結婚について聞いてみたら、『あの子は女の人が苦手らしいのよ。お見合いを勧めても絶対に頷かないし』って言ってたよ」

……志道の唇の端がヒクリと引き攣《つ》る。

「そういうデリケートなことは口にしない方がいい。……男が好きなわけじゃない」

「じゃあ結婚が嫌なんだ。自分の母親を見て幻滅したとか？　女の人に嫌な思い出があるとか？」

なぜ九歳の甥と、このような話をしなければならないのか。志道は右手で双眸を押さえた。

彼が心の中で呻いている間も、光樹のおしゃべりは止まらない。

「なんか分かるよ。僕もこの顔じゃん。押しが強い女子が迫ってくるから怖いんだよね。自分の思い通りに僕を操りたいみたいなんだけど、そうならないと力で押してくるんだよ」

六年生の女の子たちから、ズボンごとパンツを脱がされそうになった。と、あっけらかんと話す光樹に、志道が慌てて身を乗り出す。

「ソレどうなったんだっ!?」

「未遂だから落ち着いて。上級生の子には『それ以上やったら必ず警察に訴えるから、お姉さんたちは罪に問われないけど、代わりにご両親が大恥かくよ。最悪、ご両親は会社に行けなくなったり、今住んでいる家から引っ越すことになるから』って諭《さと》したら冷静になってくれた」

「……そうか……良かった……」

志道は片手で胸を押さえ、肺を空にするほどの息を吐き出した。

「僕は小柄だから結構なめられるんだよね。女子の方が発育が早くて大きいんだもん。でもそんなことが続けば女の子自体を嫌いになるよ。それに女子って徒党を組むじゃん。バレンタインのチョコを渡すのさえ集団で圧力かけてくるし、拒絶すると泣きながら責めてくるから、本当に厄介だよ」

志道は九歳児の恋愛事情についていけなかった。え、俺が九歳の頃もこんなんだったっけ、と困惑しつつ記憶を探るものの思い出せない。そして光樹の話は続く。

「でさ、オジサンも似たようなもんじゃないの？　入れ食い状態でラッキーって思わないなら、好きでもない女の子に言い寄られるのって迷惑じゃん。僕は誰かと付き合うときは楽しい話をしたいのに、近づいてくる女子って感情的に思ったことを自分だけ話し続けるから、つまんないんだよね」

「そうだな」

そこは共感したので素直に頷いておく。

「だからさ、オジサンもそういう女性が苦手なら、人として悪くないって思う女性と、恋愛感情がなくてもとりあえず結婚するのがお勧めだよ。まず結婚して奥さんと恋愛すればいいんだって」

志道は自分とよく似た女の子のような容姿を、まじまじと穴が開くほど見つめてしまう。この愛らしい子どもから恋愛についてアドバイスされたと理解するのに、己の脳みそは数秒ほどかかった。

さらに光樹は天使のような笑みをニコリと浮かべる。

「僕の理想はなっちゃんだなー」

ギョッとして目を剥く志道だが、光樹に己の心情を悟られたくなくて、必死に無表情を顔面に貼り付けた。

「似たような人がどこかにいないかな。打算なしに僕を大切にしてくれる人。できればなっちゃんみたいに可愛くって、ちょっと年上の女の子がいいなぁ」

志道の心臓の鼓動がバクバクと激しくなる。そのうえ、みっともないと思いつつも光樹に腹立たしい気持ちを抱いた。

「……白川さん、おまえがいなくなって誰かいい人でも見つけたんじゃないか」

そう告げた途端、よけいに腹立たしさが増した。しかも胸の奥が痛い。

「うーん、それも心配だなぁ。なっちゃん、恋愛したことないから変な男に引っかかりそうで」

「恋愛したことがない……？」

ポロっと呟いた言葉に光樹は首を傾げている。

「前も話しただろ。運転免許を取る時間も余裕もなかったって。つまりそれぐらい自由な時間がなかったってことだよ」

「いや、しかし、高校生のときに彼氏の一人や二人ぐらい……」

「いないよ。それ聞いたことあるけど、なっちゃんが通ってた高校って県内一の進学校だったから、勉強するのに必死だったんだって。そして僕を育てることになったから……」

口を閉ざした光樹が両腕を頭の下で組み、天井を見上げる。その表情は大人が思い詰めたときのようだと、志道には感じられた。

思わず立ち上がって甥を見下ろすと、ダークブラウンの瞳には子どもの無邪気さや明るさとはかけ離れた苦悩があった。今の光樹は、とても九歳児とは思えない表情をしていた。

この子を引き取ったときの夏芽の言葉を思い出す。

『ミツくんはときどき、何かを諦めたような大人と同じ表情をすることがあります。私はあの子にそんな顔をさせたくなくて、成澤さんに預けるんだって自分を納得させました』

――この顔か。

まだ生まれて十年ほどしか経過していない少年には似つかわしくない表情。志道は背筋が粟《あわ》立《だ》つような感覚に襲われる。

光樹は叔父を見ているようで見ていない顔で口を開いた。

「ねえ、なっちゃんって、いい女でしょ」

子どもとは思えない表現に志道はギョッとする。

「……いきなり、なんだ」

「僕の理想はなっちゃんだって言ったでしょ。自分自身よりも僕を大切にしてくれる優しい人。ときどきあの人、前世で聖女でもやってたんじゃないかって思うときがあるよ」

心の中で志道も否定しなかった。自分が産んでもいない子を、なぜあそこまで愛せるのかと不思議に思っていたから。

志道はソファに座り直して夏芽を想う。

彼女が光樹へ向ける眼差しや表情には、打算のない愛情があふれている。……それが自分には眩しくて、尊かった。

たまに夏芽は、こちらを熱っぽい視線で見つめることがあった。まるで観察するような、何かを探すような熱い視線。

自分はこの顔とNMJファーマの社長子息ということで、多くの女たちから言い寄られてきた。好きでもない、あからさまに外見と資産目当ての女たちに囲まれるのは精神的な苦痛でしかなく、本気で女性と付き合ったことなど一度もない。

一夜限りの遊びか、誘いを断るのが面倒くさいときに相手をする、その程度の恋愛とも言えない行為を繰り返してきた。

だから分かるのだ。夏芽の眼差しに恋情は含まれていないと。

有象無象の女たちから、絡みつくような粘ついた視線を向けられてきたため、彼女の眼差しに女を感じさせるものはないと肌で感じていた。場数を踏んだ男なら、相対する女が自分へどのような気持ちを向けているか、直感で悟る。

……なんのことはない。夏芽はこちらを見ながら、成長した光樹を見ていたにすぎなかった。彼女の眼差しは〝母親〟のものだ。母親なら恋情など含まれるはずがない。

けれど、あんな目を向けられたら勘違いしそうになる。自分が熱烈に愛されているのではないかと。

あの目を見ていると心が飢《う》えてくる。こちらをすり抜けて未来の光樹へ向けられる視線を、自分にも向けてくれないかと思ったのは一度や二度ではなかった。

――無理だろうけど。

彼女の心は常に光樹へ向かっている。自分はその他大勢の一人でしかない。それどころか悪印象しかないだろう。光樹を奪っていった成澤家の人間なのだから。

――女性にクソ野郎と罵《ののし》られたのも初めてだ。

脈のない女など今まで意識したことはなかった。光樹の言う通り、入れ食い状態なので誰かを追いかける必要性がなかったから。

家庭的な女性に安らぐ心地よさも知らなかった。結婚に夢も希望も持てなかったため、〝私はいい奥さんになれる〟をアピールしてくる女性には近づかなかったから。

夏芽は本来なら自分にとって、もっとも縁がないタイプだ。しかし光樹を引き取る目的があったため、こちらから彼女にコンタクトを取る必要があった。彼女を知る必要があった。知れば知るほど、その生き様に敬意を抱くようになった。

彼女は人生を子どもに捧げている。光樹を愛している彼女が光樹のために手を放すべきかと葛藤する様子に、自分までも焦《じ》れて、その感情を向けられる光樹が……どうしようもないほど羨ましかった。

妬《ねた》ましかった。

夏芽の容姿を思い出せば、可愛いとは思うが特に秀でた印象はない、ごくごく平凡な女性だ。その平凡な相手をこちらへ振り向かせたくて仕方がない。何度か光樹と共に出かけていると、自分が隣にいるというのに、まったく意識してくれない彼女が無性に腹立たしかった。

難しい顔つきで黙り込む叔父をよそに、光樹は話を続けている。

「僕はなっちゃんとずっと一緒にいたいけど、いつかなっちゃんが結婚となれば、僕はお荷物になるんだよねー。どうしたらいいだろうって、よく考えたよ」

「……白川さんなら、おまえを手放さないだろ」

「そうだね。でもやっぱり僕の居場所は、なっちゃんの相手次第だよ。結婚相手が『こぶ付きは嫌だ』って言ったら、なっちゃんはすごく悩む……だから思ったんだ。なっちゃんがずっと独身でいればいいって」

「おまえ……」

そこで言葉を切った光樹が、ひょいっと体を起こしてソファに座る。子どもは悪戯《いたずら》っぽい表情を見せた。

「今の時代、結婚しない女性はいっぱいいるでしょ。僕がなっちゃんを支えればいいって考えてた。そしたらある日、僕を引き取りたいってお金持ちが現れた。バアサンはヤバい人だけど、オジサンは常識人だ。しかもなっちゃんがいい女だってことを見抜いてる」

反射的に動揺を表す志道に対し、光樹はうっすらと微笑みながらその瞳を射貫いた。

「ねえ、なっちゃんを僕のお母さんにしてくれるなら、僕はバアサンの前でいい孫になってあげるよ」

そう言い置いて素早く立ち上がると、光樹はリビングを出ていった。

志道は呆然として小さな後ろ姿を見送ることしかできない。脳内では〝普通〟ではない子どもの言葉がグルグルと回っていた。子どもの姿をした大人の言葉が。

『なっちゃんを僕のお母さんにしてくれるなら――』

夏芽を光樹の母親にするには、彼女が光樹と養子縁組をすればいい。その許可を出す光樹の養親は今、自分だ。夏芽と光樹と自分が養子縁組に合意すれば、家庭裁判所も許可を出すはず。

だがそれだと必ず母親の猛烈な妨害が入る。夏芽に何かされるのは怖い。だから光樹を成澤家に残したまま彼女を母親にしなければいけない。つまり。

——俺と彼女が結婚すれば。

光樹の目的を読み取り、志道は消えた子どもへ悪態をついた。

「クソッたれが、俺を操ろうとしやがって……」

自分は夏芽へ、光樹と共に在《あ》る未来を提示しておきながら、その日のうちに裏切るという大失態を演じている。彼女の信用を自ら地に落とした男が、どの面《ツラ》下げて会いに行けばいいのか。

これ以上嫌われたくないとの怯えも加わり、あれからずっと動くことができなかった。

しかしすでに自分の価値など、落ちるところまで落ち込んでいるのだ。これより下に落ちることなんてない。

もう夏芽から愛情はもらえないだろうが、それでも彼女を手に入れることはできる。光樹という最大の切り札がある限り。

はあ、と大きな溜め息を吐いた志道は、やがて迷いを断ち切るべく頭を振ると立ち上がり、スマートフォンを取りにリビングを出ていった。

§

夏芽は九月のカレンダーを破って新しい日付を眺める。暦は神無月、十月になった。

日中はやや気温が高いものの、陽が落ちると涼しくなる今の気候は過ごしやすい。秋が来たのだと肌で感じていた。

暑すぎず寒すぎない屋外を歩けば、ときおりそよ風が長い黒髪をさらさらと揺らす。近所の和菓子店へ行った帰り、気持ちのいい天気なのだが心は空のようには晴れない。土曜日の今日、成澤の訪問があるためだった。

実に憂鬱である。

先日、話があるので家を訪れるとのメッセージが届いた。名古屋から岐阜までは電車で三十分程度と近いものの、車を使えばそこそこ時間がかかるため、わざわざ来なくても電話でいいのではと伝えたが、成澤は直接会って話をしたいと主張した。

では話とは何かと尋ねても決して答えない。

どうせ光樹のことだろうが、今さら何を話すつもりだろうか。昔のことで何か知りたいのだとしても、成澤家の有り余る資金を使って調査すれば事足りるだろうに。

はあ、と夏芽の唇から溜め息が漏れる。幸せが逃げていくというのに止められなかった。己の幸せはすでに逃げてしまったから。

――ミツくん、元気にしてるかな……

最愛の子どもと別れて、すでに二ヶ月以上が経過している。その間、光樹のことを一日たりとも忘れたことはない。ご飯をきちんと食べているだろうか。夜更かししていないだろうか。新しい環境には慣れただろうか、と……

光樹は季節の変わり目に体調を崩しやすいから心配だ。寒暖差の激しいときなど喉を痛めて、それから熱を出すパターンが多い。成澤家ならば手厚い看護をしてもらえると分かっていても、気になって仕方がない。本人は学校を休めるから嬉しいなんて言っていたが、苦しそうに咳き込む姿は見ていてつらかった。

……最近はそんなことばかりを思い出す。もういいかげん、光樹がいない生活に慣れなくてはいけないのに。

数日前、まるで抜け殻のようだと父親に指摘された。ついでに『しゃきっとしろ』とも、『そんな姿を見たら光樹が心配するぞ』とも続けてくる。

その言い方に、抑圧されていた夏芽の精神のどこかがブチ切れた。

『お父さんが養子縁組を承諾さえしなければ、私はこんなふうにならなかったわよ！』

思わず八つ当たりをしてしまったが、一瞬、怯んだ数馬はすぐに言い返してきた。

『俺はすでに弥生を失っている。残されたおまえだけは幸せになって欲しいと、そう思ったら駄目なのか』

覇気のない父親の声に、光樹の言葉を思い出した。

――おじいちゃんはなっちゃんのことを想って、僕を成澤さんに預けようって言ったんだよ。

後見人となった父親だが、娘に子育てを任せ、その娘は恋愛もできず独身のまま。そのようにした己の判断を悔いていると、小さな子どもは話していた。

『……私の幸せは私が決めるわ。今の時代、結婚して家庭を持つだけが女の幸せじゃないでしょ？』

『分かっている……お父さんの考えが古いことは分かっている』

父親は昭和的な価値観を持つ人だ。女の子は嫁に出すもの、生涯独身なんてとんでもない、と。実際に光樹を手放した後、親戚に頼んで見合い話を持ち込んできた。丁重にお断りしたけれど。

父親にしてみれば、娘が自分のせいで行き遅れる予感に自責の念を抱いているのだろう。婚活でもしたらどうか、とも言われた。

成澤家からの莫大な謝礼金も全部渡してきた。『これはおまえが受け取るべき金だ。もっと自分に金をかけろ』とのことだった。ついでに一人暮らしでも始めたらどうかと勧められた。

親から離れて自由を満喫し、恋愛を楽しめと言いたいらしい。……気持ちはありがたいのだが、もう干渉しないでくれと叫びたい。

経済面で娘に負担をかけていることも、父親としてやるせないのかもしれない。

――やっぱり一人暮らし、するべきかな。お父さん、私の顔を見ると罪悪感を持っちゃうみたいだし。

なんとなく、父親はネガティブな思考にはまって抜け出せないような気がする。

光樹のことだって、子どもが望んでいない養子縁組であることは十分に理解していたはず。それを自分の都合で強制したのだ。あの子の頭の良さに甘えて、大の大人が。

そのことにも凹んでいるのだろう。後悔するぐらいなら光樹を守って欲しかったのだが。

――でもそうすると私が母親のままで、お父さんはずっと悩み続ける……

はあ、と再び夏芽の唇から深い溜め息が零れた。人生とは、本当にままならないことの連続だ。

夏芽は物思いにふけっているような顔でぼんやりと歩く。そのため目の前に男が立ったとき、とっさに足を止めることができなかった。

立ち塞がるといった感じの相手へ、もろにぶつかってしまう。よろめく夏芽の肩を大きな手のひらがつかんで転倒を防いだ。

「あっ、すみません……」

顔を上げた瞬間、息を呑んだ。

「ミツくん……っ」

思わずといった体で声を上げ、相手のシャツをギュッとつかんでしまう。

すると成澤は眉を顰めて彼女を見下ろした。

「悪かったな、光樹じゃなくて」

ぶっきらぼうな声には不機嫌さが如実に表れている。夏芽は無礼を悟ってすぐさま離れ、頭を下げた。

「ごめんなさい。間違えました……」

そこで彼が、光樹、と甥を呼び捨てにしていることに気づいた。彼が光樹と養子縁組を結び、養親になったことは聞いている。今、光樹の親権を持っているのは成澤だと。複数の養子縁組を結んだ場合、一番新しい養親が親権者になるそうだ。

夏芽の胸の奥で、チリチリと内臓を焦がすような痛みを感じた。

彼は法的に光樹の親になったのだ。成澤家が現れてからというもの、自分はその立場をどれほど切望しただろうか。それをあっさりと手に入れた彼に、羨望と嫉妬が渦巻いて止められない。

――私は最後まで母親代わりの叔母でしかなかったのに……。

成澤の目を正視することができなかった。

顔を伏せて黙り込む夏芽の視界に、成澤の右手が入り込む。光樹とは違う大きな手のひらは、開いたり閉じたりと落ち着きのない動きをしていた。……暑いのだろうか。

「あの、もし暑いようでしたら、木陰で休みますか……？」

彼を見上げると、機嫌が悪そうな表情の中に、何か思い詰めているような感情を読み取れる。

どうしたのだろう、光樹に何かあったのだろうか。

「それとも、あの、自宅に……」

「いや、今日は君と二人で話したかったんだ。早めに来てよかった」

「はあ……」

父親は同席しない方がいいということか。本当に何を話しにきたのだろう。

立ち話もなんなので、近くにある大きな公園へ向かうことにした。ここのベンチはすべて屋根がついているため、日差しを遮りたいときはちょうどいい。

成澤と並んでベンチに座ると、グラウンドの遠くで子どもたちが遊んでいる様子がよく見えた。光樹とそう変わらない体格の少年たちで、夏芽はその子たちの姿をじっと見つめてしまう。

光樹はあそこまで活発ではなかった。本を読むことが好きで、幼い頃は室内遊びを好んでいた。けれど同級生に誘われたら外へ遊びに行くこともあった。知能が高すぎて光樹は同年代の友人がいないため、そのような姿を見ると自分は嬉しかった……

　しばらくの間、光樹のことを思い出していたら、成澤が隣にいることを完全に失念していた。

　なあ、と声をかけられて我に返る。

「あっ、すみません、いらっしゃることを忘れていました……」

　馬鹿正直に思ったことを漏らしてしまい、成澤の美しい顔に皮肉っぽい笑みが浮かぶ。

「そんな感じだな」

「すみません……」

　気まずい空気が互いの間に充満する。慌てて会話を探す夏芽は、ふと自分の膝の上に置いた包みを思い出した。

「あの、お菓子を召し上がりませんか？　成澤さんがいらっしゃるので、買いに出かけていたんです」

　水まんじゅうを食べたとき、『旨い』と言っていたので、和菓子が嫌いではないだろうと思って。

　光樹も和菓子が好きで、スナック菓子よりもこういったお菓子を好んだ。夏芽が買いに出かけるときは、読書を中断してまで付いてきた。

　今の時季で和菓子といえば、なんといっても〝栗きんとん〟だろう。お節料理に入っている料理ではなく、岐阜県の美濃《みの》地方に伝わる栗と砂糖のみで作る郷土菓子のことだ。

するとと成澤が立ち上がった。

「ちょっと待っててくれ」

自販機へ向かい、小さめのペットボトルを二つ、買って戻ってきた。どうやらお菓子を食べる気のようで、渡されたのは温かいお茶だった。

礼を告げて受け取った夏芽は包みを広げる。茶巾絞りの形をした和菓子は、栗のほっくりとした素朴な味が実に美味しい。

——ミツくんは今年、栗きんとんを食べたかな……？

愛しい子どもを想うたびに、彼の成長に関われない己の境遇がつらい。

不意に視界が潤み、夏芽は慌てて瞬きを繰り返した。最近、涙腺がゆるくなってしまって困る。

バッグからハンカチを取り出そうとした際、指先がウェットティッシュに触れた。小さな子どもがいると、持っていれば便利な品の一つ。

夏芽はウェットティッシュを一枚取り出し、成澤の右手を拭きだした。

「は……？」

立ち昇る困惑の声に夏芽が視線を上げる。目を丸くする成澤が呆気にとられた表情で見下ろしていた。

その途端、彼の手を拭いていることに気づいて叫び出しそうになる。

「すみません！　あのっ、これは、そのっ、ミツくんが、いつもお菓子を、手づかみで食べるから……」

「九歳になっても、こうして世話を焼くものなのか？」

「いえ、私が、その、世話を焼きまくるというか……」

「甘やかしていたんだな」

呆れた声で指摘され、反論できない夏芽は真っ赤になった顔を伏せた。女親は息子に甘いというが、自分もその俗説に当てはまる自覚がある。

なぜなら光樹が可愛いから。容姿だけでなく、その存在すべてが。

羞恥で黙り込んでいると、成澤が空気を替えたかったのか、「それ、もらっていいか」と聞いてきた。

「どうぞ……」

頷けば長い指が和菓子をつまむ。あんな男らしい指を光樹と間違えるなんて、自分はどうかしている。

「旨い。今年、栗きんとんを食べたのは初めてだな」

「よかったです……。あの、ミツくんはもう栗きんとんを食べたでしょうか。あの子、これが好きなので……」

「君が口を開くと、光樹のことばかりだな」

素っ気ない口調に夏芽は視線を横にずらした。

——だって、その通りだもの……

寝ても覚めても光樹のことばかり考えてしまう。いつか日常の慌ただしさに押し流され、思い出さなくなる日が来ると分かっているから、それまではあの子の幸福を願っていたい。

成澤はお茶を一口飲むと、前方を向いたまま口を開いた。

「今日来たのは、光樹のために俺と結婚しないかって聞きに来たんだ」

十秒以上、夏芽はその唐突な言葉を理解することができなかった。

——ミツくんのために、成澤さんと、結婚……

このフレーズが何回も頭の中を巡って、夏芽はようやく顔を上げて彼を見上げる。

成澤は前を向いたままだった。その不機嫌そうな横顔から、自ら望んで求婚しにきたとは到底思えなかった。

「……結婚って、意味が分からないです……」

「急に言われたらそう思うよな。俺は君を光樹の母親として迎えたいんだ。あの子にとって最善の方法だと思ったから」

成澤いわく、光樹は祖母にまったく懐かず、反抗ばかりしているという。家庭学習はホームスクーリングで楽しく学んでいるが、克子との関係が悪化し、子どもにとっていい環境ではないと。

その話に夏芽は動揺が隠しきれなかった。

「あの聞き分けのいいミツくんが、そんなことになるなんて……」

「やはり強引に生活環境を変えたことが原因じゃないかと思う。だが光樹を君に返そうとするなら、おふくろがどんな妨害をしでかすか分かったもんじゃない。だから君を光樹のもとに呼び寄せたい。そのためにあの子の養親となっている俺と結婚しないかって聞きに来た」

光樹と今までのように親子として暮らせる。それはとても甘美な誘惑だった。深く考えずに頷いてしまいそうになるほどに。

だが同時に大きな疑問を抱いた。

「たしかミツくんを引き取った大前提は、成澤さんがご結婚されないからですよね……？」

成澤家の後継者である彼に結婚願望がないため、次の世代の跡取りが欲しいと彼は告げた。

その成澤が結婚する気になったなら、光樹の件も解決するのでは。

疑問の眼差しで隣の美男子を見上げると、彼はいまだに前を向いたまま肩を竦める。

「俺は結婚したいわけじゃない。君を光樹の母親にするための手段として選択しただけだ」

「それは、詭弁《きべん》では……」

ポロっと呟いた途端、横目で成澤が睨んでくる。夏芽は慌てて彼から視線を逸らした。また思ったことを口に出してしまった。

彼はやはり体を動かさないまま口を開く。

「俺は君以外の女性と結婚する気はない。これは光樹のためだ。契約結婚だと思ってくれたらいい」

「契約……、ミツくんが成人するまで、でしょうか？」

このとき成澤の体が前後に揺らいだ。驚いて彼を見上げると、格段に不機嫌さが増した成澤が前方を睨んでいる。

夏芽も彼の視線を追うが、特に何もない。どうしたのだろうと思っていたら、成澤が大きな息を吐き出した。

「……君が、契約期間を決めたいならそれでいい」

夏芽は契約結婚というものがよく分からないので、適当に言ってみただけである。それともこういう場合、無期限なのだろうか。

さっぱり分からないが、軽々しく決めてはいけないことなのは分かる。

「とてもありがたいお話ですが、お受けすることはできません」

「なぜ？　俺と結婚して光樹と養子縁組をすれば、君も法的にあの子の母親だぞ」

「結婚は、そんな簡単に決めることではないと思っています。成澤さんの戸籍を汚してしまいますし」

プッと成澤が小さく噴き出した。驚いて隣へ視線を向ければ、不機嫌そうな気配を引っ込めた彼は、初めて見る柔らかい笑みを美しい顔に浮かべている。

「戸籍を汚すって、古めかしい言い方をするんだな」

彼の微笑には蔑むものが見当たらなくて、だから純粋に、ただ笑っているのだと察した。そのせいなのか、いつもなら直視しにくい類稀《たぐいまれ》な美貌を見つめる。

綺麗な人だと以前にも感じた感慨を抱く。こんな絶世の美男子と公園でお菓子を食べていることが不思議に感じるほど。

身長は自分より頭一つ分以上も高く、引き締まった体躯は均整がとれていて、とても魅力的な男性であると恋愛経験がない夏芽でも分かる。

それに、ちょっとぶっきらぼうなところはあるが、誠実な人でもあると自分は知っている。引き取った子どものために伴侶を選ぶのも、少し変わっているけれど子ども想いなのだろう。

心臓が突然、大きく跳ね上がったように感じた。

これほどまでにいい男から求婚されていると、今ようやく実感したのだ。もちろん彼が好意で告げているのではないと、光樹のために条件で選ばれたのだと理解している。

それを分かっていながら彼を男として意識してしまい、胸が熱くなってドキドキした。

同時に、この話を受けても本当にいいのかと不安を抱く。彼のまっすぐな気持ちに自分はふさわしくないように感じて。

「……私は、本当に身勝手な人間なんです」

地面へ視線を落として呟けば、彼は、「ん？」と続きをうながしてくる。

「私、あなたをずいぶん恨みました……。ミツくんと一緒にいられると言ってくれたのに、嘘つきって……」

「……すまない」

「いいえ、完全な八つ当たりです。だってあなたは何も悪いことをしていない……父にも怒られたんです。成澤さんの厚意に甘えて寄生するのは許さないと……」

成澤は提案しただけなのに、自分は勝手に期待して、勝手にがっかりして。

己のことしか考えない自己中心的な人間なのだと、今回のことで嫌というほど身に沁《し》みた。

自身の浅ましさが胸に痛くて、情けなくて、涙がこみ上げる。

「本当に私、寄生虫みたい……」

愛もなく成澤の妻になったら、今度こそ人間以下の虫けらだ。甘い汁を吸うだけ吸って、自分の欲望だけを満たして、独りよがりの幸福に浸《ひた》って。

夏芽が太腿《ふともも》の上でスカート生地をきつく握り締めて己を軽蔑したとき、成澤が焦った表情で体ごと夏芽に向き直った。

「八つ当たりして当然だ、俺の方が先に裏切ったんだから。それに人間は利己的な生き物だろう？　誰だって自分が一番可愛いんだ。恥じることなど何もない」

勢い込んで告げる成澤の真摯な表情に、夏芽はほろ苦い気持ちを抱く。彼の実直さを知るたびに己の汚らわしさを感じて。

夏芽の淋しそうに微笑む顔を見て、成澤が両肩をつかんできた。

「好きなだけ寄生すればいい。その代わり俺は君を利用する。光樹の母親として」

「ありがとうございます……でも、あなたの人生の汚点になりたくはありません……」

「君が俺の汚点になるなら、俺も君の汚点だろう。若い娘さんの人生を買うようなものだ」

「私、もうそんなに若くありませんよ……」

小さく笑ってしまった。夏芽はこの夏に誕生日を迎えて、すでに二十八歳になっている。若い娘との表現に少し困ってしまった。

だが微笑んだことで肩の力が抜ける。成澤の両手が外れると、自分はまだ和菓子を食べていないことにようやく気がついた。

栗きんとんをつまんで、そっと味わう。秋から冬にかけてしか販売されない、栗の素朴な甘さと食感がじんわりと口中に広がった。

美味しい、と夏芽が口元をほころばせたとき、男の長い腕が伸びて彼女の右手を持ち上げる。そして二人の間に置いてあったウェットティッシュを使い、夏芽の指を拭きだすではないか。

えっ、と驚く夏芽は目をみはったまま動けない。

「あの、何を……」

「仕返し。俺の手も拭いただろ」

うろたえる夏芽は手を引くが、成澤の左手がこちらの手首をつかんでいるためビクともしない。

物心ついてからというもの、異性に触れられるという経験が少なすぎて、これは仕返しとして当たり前なのかと混乱してしまう。

しかも手つきが……なんというか、指の一本一本を丁寧に撫でてくるから、猛烈に恥ずかしくて顔を伏せる。

冷たく感じたウェットティッシュも、こちらの羞恥を吸い取ってすぐに生温かくなった。人肌に近い濡れた感触が皮膚をなぞる様はどこか官能的で、体の奥から不可解な熱を感じて伏せた顔を上げられない。

うつむいていても赤くなった耳は隠しきれておらず、その様を成澤がじっと見つめていることに夏芽は気づけなかった。

そっと男の手が離れていくと、夏芽は自分の右手を胸に抱え込んだ。いまだに顔を上げられない彼女の耳に成澤が唇を近づける。

「俺とのこと、どうか考えてくれないか。もし了承してくれるなら、すぐに君のお父さんに挨拶へ行く」

冗談ではなく、一時《いっとき》の気の迷いでもなく、本当に結婚しようとする意志を声から感じ取った。

夏芽がゆっくりと目線を上げると、成澤の綺麗な瞳がとても真剣にこちらを射貫いてくる。その迫力に圧倒されて逃げ出したいのに、なぜか目を逸らせなかった。

激しい目だと感じた。光樹を含む三人で出かけていた頃には見たことがないと。そして今まで出会った男性の中で、このような目を向けてきた人はいなかった。

男の覚悟とは、これほど強いものなのか。

心が搦《から》め捕《と》られる感覚に耐えられず、夏芽は努力して視線を逸らした。

「……時間をくださいませんか」

そう告げるのが精いっぱいだった。素直に頷くことはできないけれど、断ることもできなくて。

成澤はその答えで納得したのか、しばらくの間は待つと言ってくれた。そして夏芽を自宅まで送ってから名古屋へ帰っていった。

ぼんやりとした表情で夏芽が家の中へ入った瞬間、父親の顔を見て大きく動揺する。

「遅かったな」

不思議そうな顔をする父親は、娘がうろたえていることに気づいていない様子だった。

「あ、あの、実はね、成澤さんが……」

そこで言葉を止めた。このことを安易に父親へ言ってはいけないような気がして。

「成澤さんがどうした？」

「……うん、なんか、急用ができて来られなくなったんだって。それで、公園でお菓子を食べちゃった」

残りの栗きんとんを父親へ渡せば、彼は特に疑ってもいない表情で、「そうか」と頷いている。お茶を淹れてさっそく和菓子を食べようとしていたので、夏芽はそっと自室へ逃げ込んだ。

ベッドに倒れ込み大きく息を吐いて目を閉じる。瞼の裏に、光樹によく似た端整な大人の顔が浮かび上がった。だがその眼差しは苛烈で、記憶の中の姿にまで身震いする。

あれが男の人なのだと、誰に言われずとも本能で悟っていた。たかが見つめ合っただけで、自分の中の女が自分でも驚くほど反応した。

条件で結婚を望む人なのに勘違いしそうになる。まるで私だから求めてくれているような気がして。

――待て待て、落ち着け、私。

成澤が求めているのは光樹の母親だ。だからあそこまで情熱的に……いやいや、必死に求婚してきたにすぎない。

けれど自分もそれを分かっていながら、彼の気持ちに応えたいと心を揺らしている。しかし。

——私が成澤さんと結婚したら、お父さんはどう思うだろう……

父親は娘の結婚を望んでいるが、相手が成澤となれば話は別だ。契約結婚について話したりはしないが、光樹絡みだと見抜くはず。それは父が望んだ娘の幸せと厳密には違う。

それに自分が成澤と結婚することは、父親にとって屈辱なのではないか。成澤家に娘を二人とも奪われた形になる。

父親は姉の相手である名も知らぬ男を強く憎んでいた。娘を孕ませておきながら責任さえ取ろうとしないクズだと。

姉は恋人の名前を最期まで明かさなかった。今思えば、資産家で大手企業の社長子息である、成澤家の長男と結ばれるなど難しいと、姉が自ら身を引いたのかもしれない。

父親は姉の妊娠発覚後、私生児を産むことに難色を示していた。姉の出産の決意が揺るがないと分かると、お腹の子どもについて無関心にふるまっていた。

——もしかしてお父さん、ミツくんのことも憎んでいたのかな……

娘の命を奪った赤ん坊は、恨みと憎しみしか抱かなかった男の子どもなのだ。とはいえそれは成澤の兄の責任で、光樹に非はない。姉が亡くなったのも運が悪かったのだろう。

しかし父親が自分たち娘にかける愛情を知っているからこそ、理不尽な死の責任を誰かになすりつけたかったのではと推測してしまう。

だが父親は赤ん坊の光樹を腕に抱いたとき、『子どもに罪はない』と漏らしていたのを夏芽も覚えている。

初孫で愛らしい光樹を可愛がっていたことは間違いない。十年もの長い時間、憎しみを隠して偽りの愛情で家族を騙すなど、あの父親にできる芸当ではないから。それでも心の奥底に、長女を喪《うしな》った悲しみが染みついていたら……

光樹を失った今だからこそ、父親の心情がなんとなく分かるのだ。自分も光樹を手放した父親の判断を恨み、約束を守ってくれなかった成澤に八つ当たり的な怒りを抱いた。

許せない、と。

「つらかっただろうな、お父さん……」

若くして人生の幕を閉じた子を想えば、親の嘆きがいかほどのものか察せられる。

自分も姉の死はつらかったが、待ったなしの育児にてんやわんやで悲しむ余裕さえなく、それがかえって良かった。悲嘆にくれることはなかったから。

すべて憶測だが、あながち間違っていないように思う。家族として愛していても、心の奥深くに割り切れない想いが根を張っていたのだろうと。

……そこまで分かっていながら、自分は成澤の申し出に心を動かしていた。

焦がれるほど切望した光樹の母親になれる。その一点だけで気持ちが彼に傾いた。

契約結婚というものがどのようなものか分からないけれど、少し前に流行《はや》ったドラマでは、夫が妻を家政婦として雇用するという契約だった。自分の場合は子どもの母親としての雇用ということか。

ドラマでは賃金が発生していたが、自分は成澤からお金を受け取る気はないので、転職先を紹介してもらえたら報酬の代わりにしたい。今の会社を辞めるのは惜しいが、彼なら同程度の水準の企業を見つけてくれると思う。

本来なら結婚とは、愛し愛される関係の相手と結ばれるのが理想だろう。しかし自分は結婚を特に望んでいなかった。もし交際相手の男性が光樹を疎《うと》ましく思ったら悲しいし、光樹を引き取れないと言われたら結婚はできないと考えて。

女として求められない契約結婚。他人事ならば、やめた方がいいと思うプロポーズ。

だがそれは成澤だって同じだ。好きでもない女を妻として迎えるなんて、彼はどれほど悩んだだろう。

結婚願望のない男性が、光樹のために己の人生を捧げてくれた。

とてもありがたかった。

愛はなくとも感謝で彼の気持ちに応えたいと思った。

夏芽は意を決してベッドから降りる。出勤前にこのようなことを告げるのは申し訳ないが、グズグズ迷っていたくもない。

リビングで新聞を読んでいる父親の正面に腰を下ろし、思い切って声をかけた。

成澤の求婚を父親へ伝えたとき、契約結婚のことは隠したものの、当然ながらものすごく渋い顔をされた。

おまえはそれで幸せなのかと、今後ずっと光樹の母親として生きるつもりなのかと、子どもが親離れしたとき孤独になるだけだと、感情のままに吐き出す言葉を夏芽に注いできた。

しかし夏芽にも言い分があるのだ。親にとって都合のいい男と結婚することが、己の幸せではないと。

自分はすでに一度、父親によって光樹を失い、絶望を味わっている。ここにきて再び光樹と生きていく可能性を、父親によって潰されるのはかなわない。

そう反論すれば罪悪感を抱いている父親は言い返せず、そしてそのことを娘に指摘される行為自体が彼をさらに苛立たせた。

その後、夏芽の結婚の了承を聞いて成澤が岐阜へやってきたが、父親は家から姿を消して会おうともしない。

親子の間で幾度となく話し合いが続けられた。頑として引かない娘と、嘆き悲しむ父の間には、叱責や説得、沈黙、溜め息、口論、落涙が繰り返された。

ときには冷静さを取り戻すため、夏芽が家から出て市内のビジネスホテルに泊まって距離を置いたこともあった。間が悪いことに成澤から連絡が入り、夏芽が家出していることを知って、その日のうちに岐阜まですっ飛んできた。

ホテルの一階にあるカフェで落ち合えば、成澤は平日の夜だというのに、取るものも取り敢《あ》えず急いで駆けつけた様子だった。夏芽は新鮮な驚きを感じながら疲れた表情で微笑む。

「すみません、こんなところまで来ていただいて……」

「謝らないでくれ。これは俺たちのことだ」

自分にも夏芽の父親を説得させてくれと意気込む成澤だが、夏芽は首を横に振る。

「私が父を説得しますから、成澤さんは何もしないでください。話がこじれるでしょうし……」

「でもこの話は俺が言い出したことだ。君がこんな状況になっているのに、俺だけ静観していることなどできない」

その言葉は意外だった。契約結婚なんていうビジネスライクな関係を望む人なので、自分を光樹の母親に据えることだけしか考えていないと思っていたから。

彼の心配そうな表情を認めると、求婚されたときの激しい目を思い出す。その眼差しに己の女の部分が反応して恥ずかしい。

「……私の親のことです。私が解決します。それより成澤さんの方こそ大丈夫なのですか？ご両親は私のことを認めてくださるのでしょうか」

特に成澤夫人は、こちらのことをよく思っていないイメージがある。しかし意に反して成澤は頷いた。

「親の許しはもらった」

「え……意外です」

またまた思ったことを漏らしてしまうが、成澤は気にしていない様子だった。

「こっちも時間がかかったけど、まあなんとかなったよ」

ふう、と重たい溜め息から苦労が感じられる。そこまでして光樹の母親が欲しいのかと思う反面、それだけ子どものことを大切にしているのだと実感できて嬉しかった。彼に対し心のどこかで、光樹を利用するだけの人だとの諦めがあったから。

諦め、との感情に夏芽は思う。

自分は成澤に、父親として光樹を愛して欲しかったのだ。愛しい子どもに新天地で孤独を味わって欲しくなくて。

その願いが叶えられたかのようで、夏芽の口元に自然な笑みが浮かぶ。

「……私も、頑張ります。早く父を説得できるように」

人生はままならないことの連続だが、それでも不幸ばかりではない。光樹を失って泣いた数ヶ月後には、こうして子どもの母親になれる機会が巡ってきた。

その幸運をもたらしてくれた成澤へ感謝の気持ちが湧き上がったとき、成澤の両手がこちらの右手を包み込んだ。

「俺にできることならなんでも言ってくれ。協力は惜しまない」

「え、あ、いえ……その、大丈夫、です……」

前にもこんなことがあったと思い出しつつ、夏芽は頬を染めて視線を落とす。

彼の体温を直に感じていると、公園で指を拭かれた生々しい感触を思い出してしまう。指の股まで丁寧に拭ってくれた動きが、どこか官能めいて体を内側から熱くした。

唐突に、ここがホテル内のカフェであることを意識してしまう。部屋に招かなくてよかったと考えたところで猛烈な羞恥がこみ上げた。

——なに馬鹿なことを考えてるのよ……

成澤とは契約結婚なのだから、求められているのは光樹の母親となることだ。自分たちに一般の夫婦らしさなど必要ない。

「よろしく、お願いします……」

そう答えるのが精いっぱいで、恥じらう己の姿を成澤がガン見していることに、やはり気づけなかった。


一ヶ月にも及ぶ説得という名の交渉の結果、父親が根負けする形で成澤との結婚を認めた。

勘当してやりたいぐらいだ、とか、どうせすぐに出戻りになるぞ、とか最後までブツブツ言っていたが、それでも許してくれたのはありがたかった。

さっそく成澤へ報告すると、彼はやけに弾んだ声で『すぐに挨拶へ行く』と告げる。

土曜日、わざわざスーツを着用して岐阜へやって来た成澤は、なんと光樹を連れていた。

「なっちゃーん！　おじいちゃん！」

輝くような笑顔で二人へ甘える光樹に、夏芽は心から嬉しそうに、数馬は少したさらいながら笑顔で迎えた。

「ミツくん、少し背が伸びた？」

「うんっ、勉強だけじゃなくって、運動もしてるから！」

久しぶりに会う光樹は、地元の図書館へ行きたいので一緒についてきてとねだった。お世話になった司書さんたちへお別れも言えなかったから、と。しかし司書さんは忙しいので、手紙を書いてきたそうだ。

「学校の友だちにお別れはしないの？」

「うん。小学校の友だちって、よっぽど親しくなければ、大人になってから思い出しもしない存在でしょ」

「……まあ、そうかもね」

こういうことを、どこで覚えてくるのだろうか。そしてこのような結婚の挨拶の場で、当事者が席を外してもいいのだろうか。

父親と成澤を交互に見遣れば、成澤の方が、「ゆっくりしておいで」と頷いた。なんとなく父親と二人で話をしたそうな気配を感じたため、夏芽は素直に立ち上がる。父親も同じ気持ちなのか止めなかった。

光樹はよほど嬉しいのか、夏芽と手をつないで歩きながらはしゃいでいる。

「ねえ、なっちゃん。これからずっと僕のお母さんになってくれるんでしょ。すっごく嬉しい！」

愛らしい笑みを浮かべる光樹に、夏芽は胸がきゅんとなる。

「うん、ずっとミツくんのそばにいるからね」

親離れするまでは、との言葉は、子どもの純粋な想いを壊したくなかったので飲み込んでおいた。

――そういえば成澤さんとの契約結婚って、いつまでなんだろう？

やはり光樹が成人するまでだろうか。それとも結婚するまで延ばした方が、結婚式のときに両親がそろうので体裁を取り繕えるかもしれない。

そこでふと疑問を抱く。契約結婚の自分たちは式を挙げるのだろうかと。

そんなことを考えて歩いているうちに図書館へ到着する。光樹がカウンターに現れると、女性司書が「まあ、久しぶりね」と驚いた声を上げた。

ちょうど利用者が少ないのもあって、光樹はカウンター越しに県外へ引っ越したことを話し、手紙を渡している。わらわらと司書の女性が集まって、寂しくなるわねぇ、と話しつつ、光樹はちやほやされていた。

それから遠回りをしてゆっくり帰宅すると、父親と成澤の話は終わったようだった。やはり結婚など許さんと言われることも覚悟していたのだが、その後の父親は渋々ながらも結婚を認め、夏芽へ好きなようにしなさいと言ってくれた。

第四章

成澤家の都合により、志道と夏芽の結婚式は一年後となった。

企業経営者の子息が結婚ともなれば色々あるのだろう、と数馬も納得している。ただ、光樹が一年も夏芽を待てないと主張したことと、もともと子どもの母親になるのが目的の結婚なことから、婚姻届をすぐに提出して三人での生活をスタートさせた。

しかし克子は当初、籍を入れたとはいえ挙式もしていない嫁と暮らすのに猛反対した。そこで光樹が、『なっちゃんをお母さんにしてくれてありがとう、おばあちゃん！　大好き！』と祖母に抱きついてわざとらしく甘えるものだから、折れざるを得なかった。

克子が夏芽との結婚を許したのも、今まで祖母に反抗しまくっていた光樹がおばあちゃん子に大変身し、夏芽を母親にして欲しいとおねだりした影響が大きかった。

二人が籍を入れたのは十一月の初冬。

すぐに夏芽は勤務先に退職届を提出した。が、一ヶ月間の引継ぎを終えると師走に突入する。この時期に退職はさすがにまずいと志道も夏芽も分かっていたため、年が明けた一月中旬に退職となった。

転職先は当初、成澤家の資産管理会社だった。成澤家は事業用不動産として、繁華街やオフィス街にビルをいくつか所有しており、それ以外にも投資目的のマンションがあって、それらの管理を行っている事業所があった。

ここのオーナーは成澤克子、つまり義母だ。そのような会社へ成澤家の嫁が入社すれば腫れ物扱いされるだろう。

夏芽は自分で転職先を探すべきかと悩んでいたら、志道から『じゃあここはどうだ』と提案されたのが邦和《ほうわ》不動産だった。

資産管理会社を作る前は、この企業に不動産管理を任せていたという。今でも住居系マンション管理の一部を委託しているとのこと。ここの営業所の一つが志道のマンションの近くにあるため、コネを駆使したらしく中途入社することができた。職場ではごく普通の平社員として扱ってもらえるため助かっている。

ただ、まったく新しい環境で他人と暮らす新生活には、さすがに夏芽も疲労を感じるようになった。が、なんと言っても最愛の光樹がそばにいて彼の世話を焼けることが嬉しく、忙しいながらも自分で食事を作り、温かい家庭を作ろうと努力している。

とはいえ志道と夏芽の関係は当初、非常にぎこちなかった。

いい歳の男と女が仮初めとはいえ夫婦になり、一つ屋根の下で暮らしていれば、どうしても相手を意識してしまう。

それでも同居生活が一ヶ月を過ぎれば相手の存在にも慣れ、二ヶ月になればそこにいるのが当たり前となり、三ヶ月となった現在は夏芽にも精神的な余裕が出てくる。

志道と夏芽の関係が変わり始めたのも、その頃からだった。

§

金曜日。夜遅くに志道が帰宅するとすぐにリビングの扉が開いた。夏芽が笑顔で近づいてくる。

「お帰りなさい」

最近になって出迎えの挨拶が「お疲れ様です」から「お帰りなさい」にやっと変わった。とても喜ばしいことだと、志道は小さく微笑んで頷く。

「ただいま、夏芽」

初めて名前を呼んだとき、ひどくうろたえていた彼女もさすがに慣れた様子だ。

志道はこうして妻が、「お帰りなさい」と言ってくれる瞬間が好きだったりする。誰かが労《いたわ》りの感情を込めて出迎えてくれると、孤独を感じることもなく、疲れきったときでも心に温かさが生まれるようで。

上機嫌で寝室へ向かい、私服に着替えてからリビングへ移る。するとソファには光樹が寝転がって本を読んでいた。もう午後十一時を過ぎているため、志道は思わず眉を顰める。

「おまえ、まだ起きていたのか」

「だって明日は土曜日だよ？　休みの前日ぐらい夜更かししたいじゃん」

「ホームスクーリングのおまえに休日の概念があるのか？」

「分かってないなぁ～。親が休みの日に僕が勉強してたら、気を遣わせちゃうでしょ？」

俺は別に気を遣わない、と志道は言い返しそうになったが口をつぐんでおく。光樹と言い合えば終わりのない不毛な会話が延々と続くだけだ。

キッチンでは夜食を用意している夏芽がクスクスと笑っている。彼女は以前、『ミツくんに口では勝てません』と苦笑していたので、似たようなことがよくあったのだろう。

ダイニングに移動してテーブルについた志道は、「あいつは毎日が日曜日みたいなものだろ」と苦い声を漏らした。

光樹は現在、小学校に通っていない。

学区内の公立小学校に在籍してはいるが、教育委員会や小学校の校長との面談を繰り返し、ホームスクーリングを認定されている。とはいえ不登校児童と同じ扱いになるため、虐待などの疑いをチェックするとして、年に数回は登校を余儀なくされているが。

それでも光樹は、小学校では習わないレベルの学習を嬉々として学んでいた。

母親の克子など、光樹を引き取った当初は難関私立中学の受験を勧めてきた。それを止めたのは家庭教師だ。

『光樹くんはすでに中学校レベルの勉強を終えています。今さら日本の中学校に入学させて、分かり切っている内容を学び直すなど時間の無駄です』

試しに昨年の公立高校の入試問題を解かせたところ、解き方は雑だが、ほぼ正解だった。この結果を見てさすがに母親も黙り込んだものだ。

家庭教師からは、やはり海外の専門教育を受けさせるべきではないかと言われている。ただ光樹は乗り気ではない。

『そのうち海外で勉強したいとは思うけど、日本でしかできないことも多いから、まだいいよ』

とのことだった。ついでに、こうも言われた。

『バアサンちの近くに図書館があるじゃん。あそこの本はできれば全部読みたいんだよね。洋書もあるから語学を学んでもいい？』

現在は英語をメインに、フランス語とスペイン語の勉強を楽しんでいる。

勉強を〝楽しむ〟ことができるのは素直に羨ましいと志道は心から思う。自分は兄や光樹ほど頭脳は秀でておらず、平均より若干頭がいいレベルでしかなかった。勉強にはかなり苦労した覚えがある。

ちなみに夏芽も英会話の勉強中だ。光樹が海外に留学するなら、夏芽も付いていくことになる。しかし彼女は英会話がめっぽう苦手らしい。基礎的な学力はあるのだが、うまく会話ができないとのこと。

そこで夏芽が頼ったのは。

「……なあ、おふくろとは今日もレッスンだったんだろ？　嫌なことを言われなかったか？」

トレーを持って近づいてくる夏芽へ、志道がためらいがちに聞けば彼女は笑って頷いた。

「大丈夫です。お義母さん、すごく熱心に教えてくださいますよ」

梅ご飯、シジミの味噌汁、白身魚の大根おろし煮、茶碗蒸しを志道の前に手早く並べていく。酒を飲んだ帰りは、消化がよくてお腹に溜まらない夜食を夏芽は用意してくれるのだ。

志道は感謝しながら箸を取る。

光樹の海外留学に備えて英会話の特訓をしようと思い立った夏芽は、なんと義理の母に教えを乞うたのだ。息子から見ると母親は、講師としてこれほど不適格な人間はいないと感じる。なのに、夏芽から見ると義母はいいお手本なのだという。

克子は生粋のお嬢様だけあって、人格はクレイジーだが教養という点では合格だ。英語も流暢《りゅうちょう》に話す。

夏芽は、上流階級の夫人《マダム》そのものである克子の資質や経験値を敬っている。同等のクラスの夫人たちとの話し方から立ち居振る舞い、芸術への造詣《ぞうけい》、礼儀作法《マナー》や考え方、服や着物の選び方、審美眼などなど、学ぶことは多いという。

ただ、あの母親が、気に入らない嫁に勉強を教えるなんてできるのかと、志道は猛烈に不安を感じていた。しかし超意外なことにうまくいっているらしい。夏芽の真摯な態度に感化されたのか、嫁いびりはしていないようだ。

それに休日や夜に行われる成澤邸での英会話レッスンでは、必ず光樹が興味深く見守っている。克子は愛する孫の前で情けない姿は見せられないと、己を奮起していると聞いた。天変地異の前触れなのかもしれない。

志道は夏芽の話を聞いて、彼女の笑顔に嘘はないと思いながらもやはり不思議だった。

「それならいいけど、おふくろは当たりが強いだろ。つらかったらすぐに言ってくれ。講師なら家に呼ぶから」

「大丈夫ですよ。たしかにお義母さんは手厳しいところが多いですが……でもなんとなく、頼られることが嬉しいと思っているのではないでしょうか」

ふぅん、と志道は呟いてシジミの味噌汁を飲む。酒ばかり飲んだ後は、出汁《だし》がきいた汁物が胃に染みわたるようだった。

「旨い……、いつも夜遅《よい》くに食事を作らせてすまない」

「いいえ。私は宵っ張りな方ですから」

それが気遣いという名の嘘であることを志道は知っている。光樹いわく、夏芽は寝ることが好きらしい。

彼女の優しさや思いやりが尊いと思う。その笑顔が可愛いと、守ってやりたいと思う。同居したばかりの緊張感も消えた今、彼女との関係を変えたいと願っているのだが……

「なっちゃん、お風呂洗ったよー」

本を読んでいたはずの光樹が、いつの間にか夏芽の手伝いをしていたようだ。椅子に座っている彼女の膝の上にぴょんと乗る。

「あら、ありがとう」

夏芽は嬉しそうに微笑んで光樹と共に立ち上がり、リビングを出て行ってしまう。光樹が来たのは、バスルームの掃除をしたからチェックして、という意味らしい。

……面白くない。

夏芽とこうして話せるのは夜か休日しかないのに、家に帰れば光樹がべったりと甘えて夏芽を離さない。しかも二人は今、一緒に寝ているのだ……羨ましい。

客間を自室にした夏芽のもとに、すぐに光樹が枕を持って行き一緒に寝るようになった。誕生日を迎えて光樹はすでに十歳になっているのに、まだ母親と眠るのかとかなり驚いた。しかし、岐阜で暮らしていた頃は別々に寝ていたという。

『今は私に甘えているのでしょう。そのうち恥ずかしくなって自分の部屋へ戻りますよ』

そう告げた夏芽は笑って子どもを受け入れていた。ではそのうち彼女は解放されると思っていたら、いまだ一緒に寝ているのはなぜなのか……

光樹は離れ離れになっていた夏芽と、やっと一緒に暮らすことができたのだから、ここは文句を言いたくはない。だがせめて休みの日ぐらい夏芽と二人で出かけられないかと思うのだが、今度は母親が嫁をかっさらっていく。

「私がこの嫁を成澤家にふさわしい淑女にしなければ！」

と、克子は使命感に燃えており、富裕層のありとあらゆる集まりに夏芽を連れて出かけている。従順な嫁をよほどお気に召したらしい。

おかげで三ヶ月も同居しているのに、二人きりで出かけたことなど一度もない。そして夏芽は光樹を幸せにしたい想いばかりが強すぎて、夫が目の前にいても光樹の父親としての役目しか求めてこない。

男としての魅力がないと言われているような気がして、無性にイライラすることが増えた。だがそれは自分に対する苛立ちでもあるのだろう。このまま並行線で歩いていたら、いつか離婚になるぞ、と。

……転職の手続きを始める際に、それとなく聞いてみたことがある。別に働かなくても俺の金を使えばいいと。裕福な家庭の奥様になったのだから、優雅に暮らすこともできる。自分にそれだけの甲斐性はあるのだから。

すると彼女は困った顔を見せた。

『ミツくんが成人したら、離婚するのかなって、思ったので……』

自分はこのときショックを受けすぎて、どのような顔をして、どのように答えたかを覚えていない。

光樹の母親になる契約で結婚したのだから、光樹が親の手を必要としなくなったら契約を解消するのも当然だ。そのことが頭から抜け落ちていた。

もう後はないのだ。なかなかチャンスが巡ってこなかったけれど、幸いにも母親は今、海外旅行へ出かけて十日は帰ってこない――

そこで夏芽が戻ってきた。光樹は風呂に入っているのか、姿はない。

「お茶を淹れますね」

日本茶を二つの湯呑みに注ぎ、テーブルに置いたときに志道は軽く身を乗り出した。

「明日、予定はある？」

「特にありません。ミツくんが行きたいところに連れて行こうかなって考えています」

あくまでも光樹を優先する夏芽の心情にちょっと凹みそうになったが、気合いを入れ直した。

「じゃあ、俺とデートしないか」

こちらを男として意識しない彼女へ、遠回しに誘ってもどうせ通じないので直球を投げてみた。夏芽は、「えっ」と跳び上がらんばかりに驚いて硬直している。そしてみるみる頬を染めて視線を落とし、湯呑みを握り締めている。

拒絶されるかと焦る志道は慌てて言い足した。

「結婚式のドレスはフルオーダーにするって、おふくろが張り切ってるんだ。おふくろに振り回される前に俺たちで決めてしまわないか。でないと君の好きなドレスじゃなくって、おふくろの好みで決められるぞ」

すると夏芽は、そういうことですか、とでも言いたげに表情をゆるめた。

「私はお義母さんが決めたドレスでも構いませんよ」

「それは俺が嫌だ。君が気に入った、君に似合うドレスを作りたい」

「えっと、作るって、一から縫製《ほうせい》するってことですか……？」

「もちろん。君の体に合ったものじゃないと」

「え、もったいないから嫌」

言いきったと同時にハッとした夏芽は慌てている。どうやら本音を漏らしたらしい。両手を顔の前で振って動揺している。

「あ、いえっ、嫌というか、ウェディングドレスなんて一度しか着ないから、レンタルで十分じゃないかって、思いまして……」

「うん。それで？」

このまましゃべらせておけば、彼女は墓穴を掘って自滅すると学んでいた。

「そんなお金持ちの道楽的な……違います、成澤さんがそうだと言いたいんじゃなくて、処分が大変そうと……いいえ、捨てたいというわけではなく……」

しどろもどろに言い訳をしていた夏芽は、やがて首を直角に曲げてうつむくと身を縮ませる。

そこで志道は噴き出した。

「君の気持ちは分かるけど、今回は折れてくれ。俺が君を綺麗に装《よそお》いたいんだ」

「……はい。ありがとうございます」

消え入りそうな声で呟く夏芽の耳が赤く染まっていく。

考えてみれば恋愛経験値がゼロの彼女は、男から甘い囁《ささや》きを贈られたこともないはず。だからこんなささやかな言葉にも彼女は反応し、こちらを意識してくれる。

以前は手を握っただけでも赤面していた。百戦錬磨の女たちとは全然違う、彼女の羞恥が心地いい。

夏芽のようないい女が、誰にも手を付けられず残っているなんて奇跡だ。そういう意味では、光樹に感謝する気にもなってきた。

「夏芽。いいかげん成澤さんはよしてくれ。君も成澤さんなんだから」

「はい……」

「俺の名前、呼んでみて」

「えっと、志道さん……」

好きでも嫌いでもない名前だったが、彼女に呼ばれると下半身に血が集まりそうになる。

明日のデートが実に楽しみだと、志道の唇が官能的に弧を描いた。

§

翌日の土曜日、午前十時。志道の車の助手席に乗り込んだ夏芽は、フロントガラス越しによく晴れた景色を眺めつつ意識を左隣へ向ける。

視野の端に映る志道は、昨夜に引き続き機嫌がよさそうだった。光樹がいないからだろうか。

昨夜、ウェディングドレスの件を子どもに話したとき、『ミツくんも一緒に行くでしょ?』と聞いてみたら白けた顔をされた。

『それって子連れで行くもんなの?』

『えっと、どうだろ……別に子どもがいても構わないんじゃないかな』

すると光樹はわざとらしく溜め息を吐いて、『なっちゃん、ここに座りなさい』とクッションの上を指すではないか。

説教タイムになりそうな気配に夏芽は逆らえず、大人しくクッションの上に正座で座り込む。

『あのね、僕もなっちゃんのドレスを選びたいよ? でもちょっと考えてごらんよ。僕が、なっちゃんには絶対これが似合う！　とか言ったら、オジサンの意見より僕を優先させるだろ』

『う……』

その通りになる予感があった。志道を優先させようにも、長年の癖で光樹がそばにいると、自分の意識は光樹にばかり向いてしまう。

『でも、お金を出すのはオジサンじゃん。僕を優先したら失礼だと思わない？』

『……思います』

ぐうの音も出ない夏芽は黙り込む。

『まあ僕が黙っていればいいんだけど、なっちゃんを綺麗にしたい気持ちは僕だって負けてないんだ。それになっちゃんに任せるのは怖い。センスが悪……個性的だから』

『今センスが悪いって言った？』

『気のせいだよ。だからオジサンと二人で行っておいで。あの人、育ちがいいから目は確かだと思うし』

『でもミツくんを一人でお留守番させるのは……』

『バアサンの家から使用人を派遣してくれたらいいよ。そうそう、木村《きむら》さんっていう若くて可愛いお姉さんがいるんだけど、あの人がいいな』

『みっ、ミツくん……っ』

『まあそれは冗談。楽しんでおいでよ。やっとオジサンが動く気になったんだから、夜までゆつくりしておいで』

『そんなに遅くならないわよ』

『どうかなぁ。まあ、早く帰ってくる必要はないから』

との会話を昨夜に交わしている。それから志道の機嫌がとてもいい。

朝食のときなど、支度を手伝ってくれた彼が鼻歌を歌っていたから、光樹は『心が浮き立つって、ああいう人にピッタリな表現だね』と呟いていた。そんなにウェディングドレスを作りたかったのだろうか。

――私、お飾りの妻なのに。

自分は光樹の母親としてしか求められていない。婚前契約《プリナップ》は特に決めていないが、そういう約束だった。

義母からも、結婚の挨拶で成澤邸を訪れたときにキッパリと告げられた。

『志道があなたとの結婚を決めたのは、光樹の母親として迎えたいことが理由よ。妻に、ではありません。あなたは断じて成澤家の嫁ではありませんから、そこを十分に弁《わきま》えておくように』

ほんの少し胸がチクリと痛んだが、ちゃんと分かっている。自分だって光樹のそばにいたいと望んで志道の手を取ったのだから。うぬぼれたら別れのときが苦しいし、自分がみじめになる。

だから志道のことは光樹の父親だと思って接してきた。自分は光樹の母親役を兼ねた家政婦だと思えばいい。

ただ、この三ヶ月間、志道と寝食を共にして分かったことがある。やはり彼は誠実な人で、とても尊敬できると。

赤の他人との同居生活は窮屈だろうに、こちらが不快にならないよう気を配ってくれた。お風呂やトイレが複数ある部屋だからこそ成り立つのだろうが、生活費を一切受け取ってくれないのに、気を遣わせてばかりで申し訳ないと思う。

だから、忠誠を誓うといったら古めかしいが、敬意と親愛の情で彼と暮らしていこうと心に決めた。

それなのに。

――志道さんは優しくて……勘違いしそうになる……。

とても丁寧に扱われているから、すごく大切にされているような錯覚を抱く。こういうときは、公園でプロポーズされた瞬間をいつも思い出す。

志道の激しい目。あれは男を知らない自分でも、彼がこちらを求めていると察せられた。とはいえ当時の自分は、光樹の母親として求められているのだと思っていた。

でも転職の手続きの際になぜ働くのかと問われ、『ミツくんが成人したら、離婚するのかなって、思ったので……』と答えたところ、志道は顔面蒼白になって視線をさまよわせていた。

いかにもショックを受けている表情に、光樹抜きで自分を必要としてくれるのではないかと、期待にも似た熾火《おきび》が胸の奥に灯《とも》った。

志道へ勝手に期待して、それが叶わないときの痛みはすでに味わっている。それでも願望は止められなかった。

——この人に、好きになってもらえたら嬉しい……

もちろん頭の隅では、家政婦として残って欲しいのかな、とはチラッと思った。しかし成澤家レベルの資産家なら、家政婦ぐらい何人でも雇えるだろう。実際、成澤邸には住み込みの使用人を何人か雇っていたから、期待する気持ちが止まらない。少しは私を好きになってくれたのではないかと。

——そうであったら、いいな。

成澤邸といえば、義母も最近は印象が変わってきた。自分たちの結婚が決まった当時は、『あなたを嫁として認めない』との厳しいオーラを放って、会うたびに敵意の眼差しを向けられていた。

しかし光樹に言われたのだ。

『ああいう人って、自己承認欲求を満たしてやればいいんだよ。自分には金しかないって、自分をちやほやする人間は金目当てって分かってるんだから、それ以外に敬意を払うんだ』

敬意なら持っている。義母はたしかに難しい性格の人だが、富裕層の世界で生きていくには見習うべきところが多い。

その気持ちを素直に、上辺だけの想いではなく本心から伝え敬い甘えて頼ってみたところ、文句を言いながらも手助けしてくれた。

感謝を伝えるたびに、『あなたのために教えているのではありません。志道と光樹の顔に泥を塗らないためですっ』と言っているが、意外と世話焼きであることは見抜いている。

先週末など乗馬に行くからと、光樹だけでなく夏芽も誘ってきた。

県外に会員制の名門乗馬クラブがあり、もちろん成澤家も会員になっている。そこは乗馬を楽しむことはもちろんだが、乗馬を通した社交の場という趣《おもむき》だった。

とはいえ生まれて初めて馬に乗った夏芽は、予想よりも高い馬上で落ちないように気を張っていたため、周囲に目を向ける余裕などなかった。

対して光樹は大喜びしていたため、義母は孫のために馬をプレゼントすると言い出し、どこの厩舎《きゅうしゃ》の馬がいいかとクラブオーナーと盛り上がっていた。夏芽はもう付いていけないと思ったが、義母が上機嫌なので止めたりはしなかった。

——お義母さんみたいな人のことをツンデレって言うんだよね。あの人、結構可愛いんだよなあ……。

富裕層《セレブ》という、住む世界が違う人たちに囲まれて、どうなることかと本音ではすごく不安だった。しかし今では少しずつ馴染んでいっている。

――私、幸せだな。

愛する子どもの母親になって、新生活にも慣れて居場所もできた。この幸福を与えてくれた志道に心から感謝している。

――そういう人だから、私は、好きになった……

夏芽はそっと目を閉じる。

手に入るはずのない男を好きになってしまったけれど、その人が自分のそば近くにいる幸せに胸が熱い。奇跡のような今の生活が少しでも長く続いて欲しいと、心から願った。


志道が車を停めたのは繁華街にある宝飾店《ジュエリーショップ》だった。広い歩道に面したガラス張りの店内には、煌びやかな指輪やネックレスが並べられている。

夏芽は不思議そうに首を傾げた。

「ウェディングドレスを作るんじゃないんですか」

「もちろん作るよ。だがドレスは後だ。まずは指輪を選びたい」

「指輪でしたら、すでにいただいてますが……」

夏芽が左手をかざせば、薬指には細いプラチナのシンプルなリングがはまっている。おそろいの指輪が志道の左薬指にもあった。

義母から、同居するなら籍を入れろ、籍を入れるなら指輪をはめろ、と強く言い渡されたための措置だと聞いた。

「まあそうだけど、婚約指輪を贈っていなかっただろ」

「婚約期間がありませんでしたからね」

クスッと夏芽は微笑んだ。考えてみれば自分たちはおかしな結婚をしたものだ。普通のカップルがなぞるであろう順序を踏襲《とうしゅう》していない。

ガラス扉を開けて中に入ると、スーツを着た四十代ほどの綺麗な女性が満面の笑みで志道に挨拶し、二人を二階へと案内する。

志道いわく、ここは友人に紹介してもらった店だという。

「百貨店に行こうかなって思ったんだけど、あそこに行くと外商が飛んでくるからうっとうしいんだよ」

「あ、なんとなく分かります」

初めて外商部員に引き合わされたときを思い出し、夏芽は苦笑を浮かべる。

義母に連れられて市内のデパートに行ったときのことだ。中に入ってそれほど経っていないのに、スーツの中年男性が近づいて深々と頭を下げるということがあった。成澤家の担当外商員だと名刺を渡された。

この日にデパートへ来たのは義母の気まぐれなのに、克子の顔を見たスタッフの知らせで、文字通りすっ飛んできたらしい。

義母がインポートブランドのフロアで買い物をしている間、その人は付きっきりだった。

本当にこういう世界があるのだと、成澤家に嫁いでからカルチャーショックの連続である。

しかし訪れたジュエリーショップも負けてはいない。一階にあるガラスケースが並べられたフロアは、お客が店内を歩いて品物を選ぶのに対し、二階はアンティーク調のソファに座っていると紅茶とお菓子を供され、テーブルに指輪が並べられるのだ。

――ダイヤモンドって、色がついているものもあるんですね……

今まで見たことがない大粒のダイヤが裸石《ルース》のままズラリと並べられ、違うリングトレーには完成形の指輪が並んでいる。好きな石を選び、好きな指輪のデザインを指定し、この世に一つだけのリングを作るという。

「お好きな指輪のデザインがなければ、作成することもできます」

ここの店長である女性がタブレットを差し出してきた。指輪Aの腕《アーム》が好きだけど、石座《マウント》部分は指輪Bがよくて、脇石のデザインは指輪Cがいい、と自由に組み合わせることができる。デザイン的に難しい組み合わせもあるが、なるべくお客の希望に添うよう調整するという。

……夏芽は説明を聞いている途中で投げ出したい気分になってしまった。

キラキラした宝石を見るのは嫌いではないし、乙女心もくすぐられる。が、ここまで指輪のデザインや石が多いと、一つを選ぶだけでも難しくて困ってしまうのだ。

すると店長は、食傷《しょくしょう》気味でテンションが上がらない夏芽ではなく、財布《スポンサー》の志道へ営業を切り替えた。志道はダイヤモンドの説明を聞きながら夏芽の意見も聞き出し、一カラット以上はある大粒の美しいダイヤモンドを選んだ。それは煌めきと存在感のスケールまでも違う、見ているだけで魂が吸い取られるような輝きを内包するダイヤモンドだった。

――なんか私の知ってるダイヤとは次元が違う……

夏芽が目を丸くしていると、志道は笑顔で指輪を妻の左薬指にはめていく。夏芽はすべての指輪が美麗で一つを決められないが、志道は「これはアームがごつい」とか「これだと石のバランスが悪い」と次々候補を絞って最終的には三つのデザインに決めた。

夏芽は安堵の息を吐く。

「三つの中からだったら、選べるかも……」

ダイヤが予想以上に大きなものだったため、候補の中からもっともシンプルでアームが細めの上品なデザインを選んだ。

指輪を決め終わったとき、すでにお昼を過ぎていた。近くのカフェで軽食を取り、ようやくウェディングドレスをオーダーする店へと移動する。

ここもまたすごいと、夏芽は呆然としてしまう。

店主兼デザイナーの男性は、夏芽の中でドレスのイメージがまったく固まっていないことを悟り、店に飾ってあるサンプルドレスを一通り試着させた。そしてプリンセスラインがいいのかAラインの方が好みか、はたまたマーメイドラインかエンパイアラインがいいのか……とまずは基本のスタイルを決めた。

次に生地の素材、細かい装飾、レースの種類など、見本帳を提示してどんどん選ばせる。婚約指輪を決めたときと同様に、志道がこのドレスの型が可愛いとか、このレースがよく似合うと、夏芽をそっちのけでデザイナーと意見を交わし合っていた。

やがて決まったのはAラインのウェディングドレスだ。肌を見せるのは恥ずかしいと控えめに告げた夏芽を慮り、幾何学模様のレースで肩や腕を上品に覆うデザインである。

大枠が決まると採寸が始まった。こちらは店主の助手らしき女性が夏芽の隅から隅まで寸法を測っていく。

足の採寸まで行ったため、店を出たときはすでに日が沈んでいた。ほぼ半日が潰れたことに夏芽は呆然とする。

「すごく、時間がかかるんですね……」

「そうだな。スーツを作るときはもっと短いから、女性の服は選択肢が豊富だ。ところで……」

少し早いが夕食にしようと言われ、夏芽は戸惑ってしまう。

「でも、ミツくんが……」

「光樹の了承は取ったよ」

「え！」

志道がスマートフォンを取り出し、ＳＮＳの画面を見せる。光樹へ宛《あ》てた『メシを食ってから帰る』のメッセージの下に、『はーい。ごゆっくり！』との返信があった。

いったい、いつの間にやり取りしていたのだろう。……まあ、光樹は一人ではないし、子守をお願いした使用人は光樹が懐いている女性なので心配はいらないと思う。しかし十歳の子どもを家で留守番させて、親だけが外食を楽しむことに罪悪感を抱く。

難しい顔をする夏芽は、自分も光樹へメッセージを送っておいた。一緒に連れていけなくてごめんね、と。

すぐに返信が来た。

『早く帰ってくると木村さんも帰っちゃうから、ゆっくりしてきて』

メッセージと共に、木村の膝の上に座った光樹の自撮り画像が送られてきた。この子は小柄なので女性の膝に乗ってもいまだに違和感はない。しかし夏芽は母親として複雑な感情を抱く。

――ミツくん……大人しい感じの可愛い子が好きってことは知ってたけど、なんか岐阜にいる頃よりはっちゃけているような……

まあ、そのおかげで罪悪感を払拭《ふっしょく》できたから、いいか。と夏芽はスマートフォンをバッグの中にしまい込んだ。

志道が案内してくれたのはホテルのレストランだった。

エレベーターで高層階へ上がっていくため、もしかして夜景が見えるお店に行くのかな、と期待感が膨れ上がる。

予想通り、最上階近くのお店からは地上の星々が一望できた。今日はやや風が強かったせいか空気は澄んでおり、人工の美しい光をくっきりと輝かせている。

夏芽は席に着くと感嘆の声を上げた。

「私、夜景が綺麗に見えるレストランって初めてです……！」

高校三年生で新生児を育て始めたため、大学はサークルに所属せず、合コンや飲み会へも参加せず、就職してからも仕事帰りに保育園へ光樹を迎えに走り、しゃべりっぱなしの子どもをあやしながらご飯を食べさせ、寝かしつけてからは残った家事をして……と遊びに行った経験などなかった。

大人しく腰を下ろしたものの、夏芽の視線は窓の外へ向けられたままだ。

「綺麗ですねー。子どもの頃、明るい時間に高層階のレストランへ来た覚えはあるんですが、やっぱり夜の方がずっと素敵です」

「それだけ喜んでくれたら俺も嬉しいよ。何度でも連れてきてあげるから」

「はい……っ」

パッと表情を明るくさせる夏芽に、志道は満足そうに頷いた。

席は正方形のテーブルの正面に座るのではなく、隣り合うように用意されていたため少し気恥ずかしいが、彼との距離が近いことは純粋に嬉しい。

食事はフランス料理で、季節の食材を使った芸術的で美しい料理が供された。夏芽が初めて飲んだシャンパンを気に入ったので、志道はハーフボトルのシャンパンを何本か開けて飲み比べをさせてくれる。

何を食べても、何を飲んでも喜ぶ夏芽を、志道はずっと微笑みながら見つめていた。

食事中はもっぱら光樹に関わる話をしていた。

「海外留学だけど、俺も行けることになったから」

ＮＭＪファーマ株式会社の海外支社で働くつもりだと告げれば、夏芽は目を輝かせた。

「よかった……！　すごく嬉しいです」

日本から出たことがない夏芽にとって、いきなり海外で暮らすのは不安しかなかったのだ。何年か国外で暮らしていた志道と一緒なら心強い。

それを正直に話すと彼は眉を顰めた。

「そうか、海外旅行に行く時間なんてなかったんだよな……じゃあ、連休にでも海外へ行くか」

旅行先は光樹と相談して決めたらいい。そう告げる志道の気遣いが嬉しかった。自分の意識や行動には必ず光樹がいるから、それを尊重してくれる彼の思いやりが温かくて。

——海外旅行か。

どうしても行きたいという国はないので光樹の希望を優先してもいい。それとも志道が行ったことがない国の方がいいだろうか。

「あの、志道さんはどちらの国へ留学されていたのですか？」

「アメリカ、ニューヨーク。……もしかしてここに行くべきか、逆に避けるべきかとか考えてる？」

夏芽が曖昧に微笑むと彼は苦笑を浮かべた。

「光樹の海外留学はアメリカになるから、旅行は違う国にすればいいよ」

そこで志道は視線を遠くへ向けた。窓の外を見る彼の表情は少し翳《かげ》りがある。

「……懐かしいな。日本に帰国してからはずっと国内担当だったから」

国外へ出るのは自分にとって自由を意味すると、志道は皮肉めいた笑みを口元に浮かべて話すため、夏芽は目を瞬いた。

「志道さんが、自由、ですか？」

「次男の俺は兄貴のスペアだったからね。日本にいることは、あいつの手足になって働くことと同じだった。だから海外の大学に進学して、ようやく兄貴から離れられて息苦しさを感じなくなった」

もう二度と帰ってくるもんかと思った。そう笑う志道を夏芽は黙って見つめる。

彼と岐阜の実家で相対したとき、兄のことを『俺が成長すると徹底的にいじめてきた』と話していた。光樹を引き取りたい気持ちの半分は、兄のように人の気持ちをもてあそぶような人間になって欲しくないとの願いからだった。

兄弟の間に何があったのだろう。知りたいという気持ちが生まれるものの口をつぐんだ。お飾りの妻が立ち入ってはいけない領域ぐらい弁えている。

「……そしたら兄貴が行方不明になって、いきなり『おまえが後を継げ』って帰国させられたから参ったよ。家業は嫌いじゃなかったし、家を飛び出してまでやりたいこともなかったのは救いだったかな」

「大変でしたね……」

「君ほどじゃないけどね」

悪戯っぽく微笑むその表情や口調に、夏芽への労りが込められていると感じて、彼女も微笑を浮かべる。

「ただ、帰国したら良家のお嬢様との見合い話が頻繁に持ち込まれて、ウンザリしたな」

「そう、ですか……」

動揺が声に出ないよう、夏芽はそっと手のひらで心臓辺りを押さえた。

義母に連れられて富裕層の集まりに出かけると、子息や子女をそろそろ結婚させたいが、どこそこのお子さんはどうか、なんて話はしょっちゅう聞く。

ドラマや小説の中でしかお目にかかったことがないから、フィクションだと思っていたけれど、この世界では普通にある。閨閥《けいばつ》によって会社を今以上に発展させ、先祖代々受け継いできた土地や資産を守るために子孫を作る、という結婚が。

家格とか釣り合いを重視しての結婚という考えを夏芽は理解できなかったが、上流階級での結婚とは、富を維持するための手段でしかないと学んだ。

「……結婚は、富裕層の世界では、お相手を選ぶことがとても重要だって、嫁いでから初めて知りました。志道さんは、お見合いを、しようとは思わなかったのですか……？」

言葉が切れ切れになったのは、この話題を続けたくないからだった。なのに聞いてしまう。好きになってしまった人が、自分ではない誰かを愛したのかと、自分と出会う前のまったく関係ないことなのに、気にならずにはいられない。

志道は大きく息を吐いた。

「いや、見合いは何回かしたよ。お嬢様たちと実際に会って、デートして……こいつらとは結婚できないって判断したんだ」

「そう、なんですか？」

「俺の女運が悪いっていうのもあるんだろうけど、見合いしたお嬢様のことごとくが頭が空っぽだった。俺は性格が悪いから、そういうお嬢様に当たると意地悪してみたくなるんだよね。『俺が家族と絶縁して無一文になり、誰の力も借りず事業を始めたいと言いだしたら、君はどうする？』とか。全員が潮が引くように逃げていったけど」

皮肉そうに笑う志道の表情に、夏芽は首を傾げた。

「私は志道さんが無一文になっても、全然構いませんが……？」

「えっ」

「だって私も働いているんです。あなたとミツくんを養うことはできますよ。あ、でも、今のような生活水準は無理ですけど」

転職して給与は上がったものの、夫と子どもの三人の生活を維持するならば色々と節約したい。

だが開業資金なら融通できると思う。成澤家が光樹を引き取る際に渡された大金は、父親から娘へ、そっくりそのまま渡されているのだ。成澤家に嫁いでつらいことがあったらこれを使いなさい、と。

お金ですべてを解決できるわけではないが、お金がないせいで発生する問題は解決できるはずだと。

もともとは成澤家のお金だから、志道へ渡しても父親は怒らないだろう。宙を見ながら夏芽がそんなことを考えていたとき、いきなり右手を握られて体が飛び上がりそうになった。

自分の手を包み込む大きな手のひらから、ジャケットの袖口、腕へと視線を伸ばせば、志道が身を乗り出してこちらを見つめている。

「ありがとう。君のような女性と巡り合ったことは俺の人生で最大の幸運だ。これからもずっと……死ぬまで一緒にいてくれ」

「あっ、はい、もちろん、です……」

まるでプロポーズのような言葉に、心臓がありえないほど激しい鼓動を打っている。初秋の公園で、光樹のために結婚しないかと望まれたときより心が熱く染まる。

泣きたいほど嬉しかった。お飾りの妻でも光樹の母親でもいいから、彼のそばにいたかったから。

自分たちは愛し合って結婚したわけではない。利害の一致で結ばれただけ。それでも死ぬまで一緒だと言ってくれたあなたとなら、今の生活から堕ちても全然構わない。

「——細い指だな」

高揚しすぎて自分のことしか考えられなかった夏芽の耳に、低い声が入って我に返る。志道は、緊張すると指先が冷える夏芽の指をそっと撫でていた。

その動きは公園で指を拭われた記憶を呼び覚ましてくる。生温かいウェットティッシュが肌を撫でる仕草に官能を感じた、あのときを。

体の芯が熱いのはアルコールのせいだけだろうか。

「こんな華奢な手で子どもを十年も守ってきたのかと思うと、感謝以外の言葉が浮かばない。馬鹿兄のせいで君には苦労をかけた。すまない……そしてありがとう。光樹を育ててくれて」

嘘偽りない真摯な言葉で、夏芽の瞳に涙が滲んだ。

「いいえ……、ミツくんは、可愛かったし……」

「これからは光樹だけじゃなく、俺たちの子どもを一緒に育てていかないか」

「……え」

「俺は君と、本当の夫婦になりたい」

夏芽は胸を高鳴らせつつも脳裏に疑問が浮かぶ。本当の夫婦とは何だろう、と。

自分たちは契約結婚ではあるが、互いに結婚の意思があり、互いの両親に結婚を許され、婚姻届を役所に提出している。

求婚された当初は事実婚にするのかなと思ったが、志道と籍を入れないまま志道の養子である光樹と養子縁組をしようとすれば、家庭裁判所が関わる煩雑な手続きがある。それは面倒だからとにかく籍を入れたい、と志道に言われたのだ。

つまり自分たちは、ごく普通の夫婦となんら変わりはない。あるとすれば夫婦生活がないだけで。

そこで夏芽は、ぶわっと全身の血液が沸騰するような高揚感を抱いた。婉曲に体を求められたのだと気づき、緊張が高まる。

自分はこのまま一生処女でも構わないと枯れていたが、男性はそうでもないだろう。健康な成人男子が禁欲生活を続けることはつらいはず。だが結婚している以上、妻以外の女性と肉体関係を持ったら不倫になるのだ。誠実な志道ならば、それは避けたいと考えたのかもしれない。

――この人には、私しかいないんだ。

独占欲が柔らかく満たされて心が喜びで震えた。好きな男に抱いてもらえるという興奮が増していく。

ほんの少し、私自身を求めて欲しかったとの切なさを感じたが、それは贅沢だとすぐに心から締め出した。

――あなたに触れてもらえるだけで、嬉しい。

志道を見つめる瞳が潤む。桜色の唇が薄く開いて艶《あで》やかな吐息が漏れた。

彼は目を合わせたままゴクリと喉を鳴らす。

「……嫌、か？」

「いいえ……、いやじゃ、ないです……」

――あなたが好きだから。

誰かを好きになるということは、それだけで心が豊かになるのだと知った。あなたから何ももらわなくても、ただ好きな人がそこにいるだけで胸が弾む。

男の人への想いなど、一生知ることもない感情だと思っていた。それを与えてくれたあなたという存在に感謝しかない。

　勇気を出して志道の指に己の指を絡ませる。男の誘い方なんて知らないから、自分の感情が揺さぶられたときの動きをなぞった。

　指を手のひらで包み、全体をさすりながら指の股をくすぐる。あなたの隅々まで触りたいとの意図を込めて、硬い爪の形をなぞり、関節の皺《しわ》を伸ばすように触れる。

　先に堕ちたのは志道の方だった。夏芽の腕をつかみ強引に引き寄せると、うっすらと色づいた耳に唇を寄せて囁く。

「君を抱きたい」

　ストレートな誘いに狼狽する夏芽だったが、拒絶するつもりもなく素直に頷いた。

　すると志道は夏芽の手を取って椅子から立ち上がらせる。その仕草があまりにも自然で、とても優雅だったため思わず席を立った。

　彼は係の人間が差し出した紙にサインをしただけで、夏芽の腰を抱き寄せてエレベーターホールへ向かう。

　もう帰るのかと聞きたかったが、緊張しすぎて口が動かなかった。彼が腰を抱いて寄り添いながら歩くせいで。

　今までは二人で歩くとき、一定の距離を空けていた。それか互いの間には光樹がいた。そのためこちらを抱き寄せる腕の強さに羞恥が募る。

　志道がエレベーター内の階数パネルへ指を伸ばしたとき、宿泊階のボタンを押したので、ここがホテルであると今になって思い出した。夢見心地で美味しい料理とワインに舌鼓を打ち、夫婦生活を求められたことにのぼせ上がってすっかり忘れていた。

今から部屋に行くのだと状況を理解して、反射的に身を縮める。志道の誘いに頷いたものの、夜を共にするのは後日だと勝手に思い込んでいた。

己の鈍さに恥じ入っていると、エレベーターがフロアに到着して扉が開く。エントランスホールに出れば、部屋へ続く廊下はガラスドアで閉ざされていた。

志道がジャケットの胸ポケットからカードキーを取り出し、ロックを解除する。……いつ部屋を取っておいたのだろう。

驚きすぎて夏芽がよろめくと、肢体を支える腕がさらに強く抱き寄せる。その力加減が「決して逃がさない」と言いたげで、束縛か支配か分からないその力強さに戸惑ってしまう。

廊下を奥へ進み、再びカードキーで部屋のドアを開けると、そこはリビングのような部屋だった。一瞬、どこかの家にお邪魔したのかと思ったほど広い。

ホテルといえばベッドをメインとするコンパクトにまとめられた部屋しか知らないため、大きなソファやローテーブル、仕事用と思われる重厚なデスク、絵画が飾られている部屋が不思議でならない。しかもベッドがない。

当惑する夏芽が辺りを見回していると、志道は毛足の長い絨毯《じゅうたん》を歩いて窓へ近づきカーテンを開けた。

「あ……」

夜景はレストランで見た景色と同じではあるものの、方角が違う。遠くの水平線が金色の光を帯びる様は初めてだった。先ほどとは違う夜の色合いに魅せられ、夏芽はフラフラと窓に近づく。

綺麗、と呟いた直後に背後から抱き締められた。

びくりと体が竦んだのは動揺したのもあるが、彼の体にすっぽりと包まれて、男の人の大きさを実感したからだ。しかもいつもなら仄《ほの》かに感じるだけのフレグランスが、今は少しだけ強く香る。彼との距離がゼロであることに、内心でアワアワと落ち着かない。

ふと、窓に自分たちがうっすらと映っているのが見えた。志道は夜景など気にもかけずこちらを見つめている。その眼差しが強いと夏芽は思った。彼の意識を独占する、ガラスに映る女《じぶん》に嫉妬しそうなほど。

同時に恐れをも抱いた。彼はあまりにも美しく、その完璧な造形美は平凡な自分とまるで違う。これほどの男に自分はふさわしくないのではと、心のどこかで重い気持ちが膨らんでいく。

今まで見ないふりをしていた現実を突き付けられたようで体が震えた。光樹の母親ではなく、一人の女として求められることに怖気《おじけ》づく。

このとき抱き締める腕に力が増した。

「……少し、だけ」

「怖い?」

志道が夏芽の頭頂部にキスを落とす。そのまま彼の唇が少しずつ下がり、こめかみに吸いついて止まった。

「大丈夫。俺は絶対に君を傷つけない」

真摯な口調に夏芽が目線を上げると、窓に透けて映る彼は、かつて見た激しい目をしていた。男の覚悟を感じたあのときと同じ——

「君が十年も光樹を守ってきたように、これからは俺が君を守ると決めた。俺は君を傷つけたりしない。約束する」

志道の実直さを表すような言葉に心がときめく。

とても、泣きそうなほど、嬉しかった。

他人の評価や扱いで己の価値が決まるわけではないけれど、好きな人が大切にしてくれる自分がほんの少し誇らしいから、これからも彼の隣に立って恥ずかしくない人間であり続けたい。

そっと志道の腕の中で振り向く。見上げれば綺麗な顔に、信じて欲しいと願う感情が浮かんでいた。

もちろん信じている。あなたの真心を疑うなんてありえない。

「……抱きついてもいいですか」

意図せず上目遣いで囁く夏芽に、志道は真顔になってコクコクと頷く。

夏芽はそっと大きな体を抱き締めた。

――温かい……。

男の腕の中で夏芽はホッと息を吐く。自分と比べて分厚くて硬い体は頼もしく、揺るぎない力に安心する。父親ではない男の人に縋り付くのはとても心地いいと、家族から得られるものとは違う安心感があると、この歳になってようやく知ることができた。

――あなたが好き。

初めて身を任せる行為に怯える心が消えたわけではないが、ここで尻込みしたくない。

背伸びをする夏芽は男らしい太めの首筋に吸いついた。ちゅっ、とかすかな音を奏でたとき、志道の右手がゆっくりと下肢へ向かう。体の線を確かめるように側面を撫でつつ、腰のくびれを確かめ、蠱惑的《こわくてき》なカーブを誇る臀部をいやらしく這《は》い回った。

服の上からの刺激だけで、夏芽は心がじりじりと昂《たかぶ》るのを感じる。はぁっ、と漏らす吐息が熱く、〝女〟のスイッチが入ったかのよう。

このときスカートをめくり上げる感触があった。ストッキングに包まれるお尻を大きな手が包み込む。

志道に寄り添いながら夏芽はかすれた声を漏らした。

「こういう、ときって……」

「ん？」

「シャワーを、浴びるんじゃないんですか……？」

真冬なのでそれほど汗はかいていないが、自分を差し出すなら綺麗な体の方がいい。

志道が長身を屈めて夏芽の耳元で囁いた。

「俺は今すぐ君をベッドに連れ込みたいけど、シャワーを浴びる時間ぐらいは待てるよ」

志道が抱き締めた体を解放する。彼を見上げれば、その美しい瞳に初めて見る感情が滲んでいた。

何かに飢えているような、切羽詰まったような、熱を感じさせる秘めた想い。

ときに言葉よりも明瞭《めいりょう》に、目の表情は人の気持ちを表す。彼を見ているとほんの少し危険を抱くのに、近づきたくてたまらなくて胸がドキドキする。

それはこの人の感情の源泉に、こちらを激しく求めているとの直感があるからなのか。

「……すぐ、出てきます」

あなたに抱かれるために。心の中でそう呟く夏芽の気持ちも瞳に表れたのか、眼差しが艶めいて劣情を匂わせる。男を知らない女の精いっぱいの色香に、見つめ合う志道の瞳が揺れた。

彼は性急に夏芽の手首を握り締め、まだ開けていない扉へ彼女を引っ張るようにして突き進む。

ドアを開けるとそこはベッドルームだった。部屋の中央には大人が二人寝ても窮屈さを感じない巨大ベッドがある。

思わず夏芽が視線を逸らせば、志道はさらに奥の扉を開ける。大きなバスタブが設置された浴室に足を踏み入れた。

「バスローブ、持ってくるから」

そう言い置いた志道は夏芽を残して素早く出て行く。すぐに白いフワフワのバスローブを持ってくると、夏芽に渡して姿を消した。

彼が消えた扉をしばらく見つめた後、夏芽は広い浴室を見回す。ここはバスタブとシャワーブースが独立している造りだった。

志道を待たせたくないのでシャワーだけを浴びようと決める。ノーメイクで帰るのはみっともないため、首から下をボディソープで手早く洗った。

――綺麗なホテルだな……もっとゆっくり過ごしたかった。

光樹を連れてきたら喜ぶだろうかと考える反面、子どもがいたら志道とおおっぴらなことはできない……と、ウニャウニャ考えてしまい、のぼせる前にシャワーを止めた。

少し大きめのバスローブを着込み、畳んだ服を抱えて風呂から出た途端、ジャケットを脱いだ志道に抱き締められた。

「ふぁっ！」

まさか待ち構えているとは思わなかったため変な声が出た。志道は無言で夏芽が抱える服を奪って椅子の上に置くと、いきなり彼女を縦抱きにした。

驚いて志道の首にしがみつく。彼は、ほんの数歩の距離が待ちきれないかのように、ベッドへ性急に突き進んだ。

シーツがめくられたベッドに夏芽はそっと降ろされ、すぐに押し倒される。志道が体重をかけずに覆い被さってきた。

「あ……」

天井にあるアンティーク調のシャンデリアが、彼の端整な顔で遮られる。逆光で影になっているが激しい目をしていると感じた。

私を見つめている、と。

夏芽はおそるおそる右手を持ち上げ、志道の頬をそっと撫でる。羨ましいほど滑らかな肌で、それに触れていると思えば現実感がない。

不意に彼が夏芽の手を取って指先に口づけてくる。ちゅっ、ちゅっ、と吸いつく唇が少しずつ下りて手首へ向かい、さらに露出した腕へ、肘へ、と進んでいく。

しかし二の腕の途中でバスローブの生地に行く手を阻まれた。

「夏芽」

彼の声が甘く響くから、ただ名を呼ばれただけなのに夏芽の心が熱く熟れるようで。

「志道さん……」

自分も名を呼べば、その名前が宝物のように大切なものだと思った。ベッドの上で名を呼ぶ相手があなたであることが嬉しい。

目が合うと唇を塞がれる。皮膚が触れ合うだけの戯《たわむ》れのようなキスなのに、心臓が一層強く鼓動を打った。

吐息が触れるほど近くで彼が囁く。

「……怖い？」

その言葉には、情欲と自制と、ほんの少しの不安が綯《な》い交ぜになっていると夏芽は感じた。君を傷つけないと誓った彼の優しさに涙が出そうだった。

「怖くない、です……」

志道の背中に腕を回して力を込める。迷わないで欲しいとの願いが通じたのか、いつも見惚《みと》れてしまう綺麗な顔が再び近づく。

唇をしっとりと何度も食《は》まれた。そのたびに熱い想いが胸の奥に溜まって緊張が解けていく。

じりじりと堆積する熱は愛しさなのだと、誰に教わったわけでもないのに理解した。光樹に対する感情とはまったく違う、愛する男へ向ける気持ちだと。

自分はいつからこの気持ちに気づいていたのだろう。籍を入れて同居生活を始めてからだろうか。

……たぶん、それよりもずっと前から。

まだ光樹と父の三人で暮らしていた頃、毎週のように岐阜を訪れる彼に、ほんの少し迷惑だと思いながらも心のどこかでは喜んでいた。

心に恋の種が蒔《ま》かれて、発芽を待っていたのかもしれない。芽吹くことはない恋心だったのに、日の光を浴びたことが幸せだった。一生分の幸運を使い切ってしまったかもしれないけれど、後悔なんてない。

熱い情動に突き上げられ、自分も彼の唇に吸いついた。直後、男の舌先がこちらの唇の合わせ目を舐《な》めてくる。素直に隙間を空ければ、熱い舌が口内に差し込まれた。

「ん……」

根元から舌を舐められ、口蓋《こうがい》をゆっくりなぞられて背筋が粟立つ。じりじりと体温も上がり、発熱したかのような温もりが全身へと浸透して指先まで痺《しび》れる。

お腹の奥で何かが目を覚ますようだった。甘い疼《うず》きをもたらす〝女〟の何かが。

はぁっ、と息を漏らしてキスが途切れると、志道が瞳を覗き込んでくる。

「気持ち悪くないか？」

優しい囁きに泣きそうだった。

「だいじょうぶ……」

自ら吸いついて舌を差し出せば、すぐに肉厚な男の舌が絡みついてくる。口づけの濃厚さにだんだんと呼吸が苦しくなってくるけれど、それでも離れたくない。彼への恋心を自覚してから、ずっとこうしたかったから。

一生、片想いで暮らしていくと覚悟していた。それが今はこんなにも深いキスを交わしているなんて、すごく幸せだった。

重力に従って上から唾液が流れ込んでくる。嫌悪感など微塵も抱かず、これが好きな人の味だと、なぜか甘いと感じつつ飲み下す。

まるで熱い飲み物を胃に流し込んだときのように、食道が焼け付く幻覚を抱いた。

こんなこと、好きな相手としかできない。

唇の角度を変えて積極的に密着すると、絡まる舌がなかなか解けなかった。

「ん、ふぅっ、……ぁん……」

徐々に夏芽から甘さを帯びた吐息が零れる。初めての口づけがどんどん濃密になっていく。

付いていけなくなるけれど夢中で舌をすり合わせていたら、きつく抱き締められて体まで密着していた。自分よりもずっと大きな体に覆われ、まるで彼という檻《おり》に囚われたかのよう。

これからも私を閉じ込めていてと心から願った。

――こんなふうに、ずっとキスしていたい……

切ないほど苦しい想いを込めて舌を蠢かす。

やがて呼吸が苦しくなり、顎を引いて唇を離し、肩で息をしていたら耳を舐められた。

「ひゃっ」

ぬるりとした生温かい感触だった。唾液をまとった舌が耳殻《じかく》に沿って愛撫し、合間に唇が甘噛みをする。

「ふぁ……」

耳全体を嬲《なぶ》るいやらしい動きに夏芽はゾクゾクした。

耳を舐められるなんて初めてだった。昔、乳児の光樹を抱っこしていた時期は、耳をよく引っ張られた。

そんなイタズラとはまったく違う性的な刺激。男の舌が這い回るたびに腰が震える。

「……これも、怖くない？」

唇を耳に押し付けて志道が囁く。夏芽は頷きながら、いつでもこちらの体と心を慮ってくれる彼の優しさに、幾度も胸をときめかせていた。

彼の声に含まれる男の色気に己の体が反応したのか、自然と両脚が開いて膝を立て、逞《たくま》しい腰を挟む。

だがこのときになってやっと、自分がバスローブ姿であることに思い至った。脚を広げたら裾がはだけてしまう。しかもどうせ脱ぐのだからと、下着を身に着けていない。

はしたない女だと思うだろうか。

羞恥で夏芽が縮こまるが、志道はお構いなしに耳を執拗に舐め続ける。

「あ、あぁ……」

舌先の刺激と、とろみのある感触に夏芽は身をくねらせた。そのたびにバスローブが開いて、もう腰から下を隠す布地はない。

すると志道が素早く体を起こし、バスローブの腰ひもを一気に引き抜いた。

あっ、と思ったときにはバスローブの合わせも左右に開かれている。

「やだ……っ」

全裸に等しい姿を明るい光の下にさらされ、腕で体を隠そうとすれば志道に両手首をつかまれてシーツに縫いとめられる。

素肌に視線を感じた夏芽は羞恥からギュッと双眸を閉じた。が、目を閉じればよけいに彼の眼差しを感じ取ってしまう。自分の肌を隅々まで視姦していると、あの激しい目で裸を見つめているとリアルに想像できるから。

猛烈な恥ずかしさで夏芽の体がうっすらと汗ばみ、震えた。

「怖いか？」

こうやって聞かれるのはもう何度目だろう。

「はっ、恥ずかしい、です……」

「なんで？　こんなに綺麗なのに。見てると吸い込まれそうになる。めちゃくちゃクる……」

何が来るんだろう？　と不思議に思いながら夏芽は唇を引き結ぶ。せめて脚を閉じたいのに志道の体を挟んでいるから閉じられない。それがよけいに恥ずかしくて震えが止まらなかった。

ここで手首を解放されたため、慌てて胸と脚の付け根を手のひらで隠す。

「隠さないでくれよ、見たいんだ。……俺のことも見てて」

色香がしたたり落ちるような低音に夏芽がそっと目線を上げる。脚の間で膝立ちになる志道がシャツを脱ぎ始めていた。

彼の肉体は自分より肌の色が濃く、均整が取れて美しい。隆起した胸板、引き締まった腰、くっきりと割れた腹部。贅肉なんてどこにも見当たらない見事な肉体。

彼を抱き締めたときに体の分厚さは感じ取っていたが、視覚で認めれば自分の体とはまるで違うと実感する。

この肉体が自分を求めているのだと思うだけで欲情した。夏芽の眼差しに、怯えや羞恥以外の性に反応した女の艶めかしさがこもる。

ごくりと喉を鳴らす志道が、妻と目を合わせたままベルトを抜いてスラックスのジッパーを下げた。

夏芽の視線は彼の瞳に向けられていたが、それでも視野の端に、そそり勃つ漲《みなぎ》りが入ってしまう。

パッと顔を背けたものの、脳裏から赤黒い塊は消えてくれない。

――あれが、男の人の……

胸がドキドキしすぎて身じろぎさえできなかった。硬直していたら再び手首を握られ、隠していた胸や局部が暴かれる。志道は夏芽の指と己の指を絡めて恋人つなぎにした。

体質なのか夏芽の肌は透けるように白い。光樹と海水浴に行っても、皮膚は赤くなるだけで黒くはならなかった。ゆえに志道と指を絡めると、肌の色の違いがよけいに際立つ。彼の濃いめの肌に吸い込まれるようで。

覆い被さる志道が遠慮なく体重をかけてくるから、成人男性の重みを受け止めて夏芽は動くことができない。

まさしく組み伏せられる。

二人を隔《へだ》てる布地がなくなったせいか、密着すると彼の温もりと感触を直に感じ取った。すぐに口内へ舌が押し込まれる。

「んっ、はぅ……」

志道が舌先で夏芽の歯の形を確認し、隅々まで味わっている。くちゅっと唾液が跳ねる音が鳴るたびに、夏芽の胸の高鳴りが速まった。彼を悦ばせてあげたくて自分も舌を伸ばせば、絡み合う舌の動きが少しずつ速くなっていく。

「はぁっ、ん、ん……ぅふっ」

巧妙な刺激に夏芽の舌が痺れて動きを止めると、彼の舌が慰めるようにすり合わせてくる。彼女が必死に彼の動きに合わせようとすれば、翻弄するかのように舌を吸われた。

激しさを増す口づけに呼吸を奪われる。

彼の味と熱が口内に馴染む頃には、夏芽は息が上がってキスが続けられなかった。

「んあっ、ハッ……」

志道は恋人つなぎを解かないまま、先ほどとは反対側の耳をねっとりと舌で舐め回した。

「ふあぁ……っ」

「――イヤリングとかピアスは嫌い？」

唐突に聞かれた内容に夏芽は戸惑う。それよりいつもの声とは違う色っぽい囁きに、ぴくんっと体が跳ね上がった。

「はぁっ、んっ、いきなり、なに……？」

「この可愛い耳に、いつも何も飾っていないから不思議で。もし嫌いじゃなかったら俺に贈らせてくれ」

ここに飾りたいのだと言いたげに、柔らかい耳の肉を食みながら囁く。

「あっ、はぁんっ、や、くすぐったい、から、……だめ」

最後の、だめ、がやけに甘ったるい声になったと自分でも気づいた。アクセサリーが駄目ではなく、舐めては駄目なのだと無意識に言っているようで。けれど本当はやめて欲しくない女心も含まれているようで。

しかもそれを志道に見抜かれた気がして居たたまれない。すでに紅潮している夏芽の頬がさらに赤くなる。

くす、と志道が微笑む空気の揺れは、彼の唇が耳に押し付けられているからダイレクトに伝わってきた。

「何がくすぐったいんだ……？」

耳朶《じだ》が彼の熱い口腔に吸い込まれ、延々と舌で嬲られる。夏芽は喘ぎながら身をくねらせ、そのたびに胸の尖りが志道の体にこすれて甘い愉悦が生まれた。

「あっ、あ……っ」

仰け反ったとき、露わになった首筋に彼の唇が吸いついてくる。舌で汗を舐め取られ、耳で得た刺激とはまた違う感覚に頭がクラクラする。

夏芽が視線を下げれば、彼はこちらの乳房をじっと見つめていた。

「や……」

自分は貧乳というほどではないが、それほど大きくはなくて体に自信などない。

しかも恥ずかしいことに胸の先端はすでに勃ち上がっている。彼に組み敷かれてキスを交わしているうちに、摩擦と圧迫で快感を拾い上げていた。

ツンと隆起するピンク色の慎ましい尖りは、男の視線に射貫かれて恥ずかしげに震えている。その強い眼差しが羞恥をかき立ててくるから隠したいのに、いまだ己の両手は彼に捕らわれたまま。

「みちゃ、だめ……」

また、だめ、に甘さが混じった。そんなに見られたらすごく恥ずかしいけど可愛がっても欲しいと、あなたに愛されたいとの甘えが混じる。

矛盾する感情に、今まで感じたことがない自分の〝女〟を感じて激しくうろたえた。

――私、すごくいやらしい……

身の置き所がない想いに夏芽が身じろぎする。ぷるんっ、と乳房が魅力的な揺らめきを見せて、魅せられた志道がゆっくりと顔を近づけて唇に含んだ。

「んっ、ん……っ」

逃れようのない快感に夏芽の理性がぐらぐらと揺れる。舌の動きが耳で感じたものと違うように思うのは気のせいだろうか。より甘く、より執拗に舌が絡んで乳首が吸い上げられ、そのたびに体の芯が震えてお腹に疼きがほとばしる。

背中を仰け反らせる夏芽は、どんどん呼吸が逼迫《ひっぱく》して動悸が激しくなった。

ちゅぽっ、とわざと音を立て、志道の顔が吸いついた乳房から離れていく。すぐにもう片方の胸へ狙いを定め、口を開いて乳輪ごと柔肉にかぶりつく。

「ふあぁ……っ」

歯を立てない優しい愛咬《あいこう》なのに、心臓まで齧《かじ》られる痺れを抱いた。刺激という名の細い糸に、がんじがらめに縛られて捕らわれるイメージまで思い浮かべる。

舌全体で乳房や先端を愛撫され、ねっとりと舐められるたびに甘い痺れに悩まされた。

これが男によってもたらされる快楽なのだと身をもって知る。

とても気持ちいい……

志道を見れば、乳房へ顔を埋めるようにして吸いついていた。自分の裸の胸を刺激しているのが彼であることを実感し、胸の奥がきゅんとする。

仮初めの夫を好きになって、私は馬鹿だなぁと苦い想いを抱いたことなど数知れず。耐えきれずに枕を濡らしたこともある。

なのに今は隔てるものもなく素肌で触れ合っているから、それだけで多幸感が胸に満ちて泣きそうになる。

「んぁっ、しどう、さん……」

胸をしゃぶる彼が視線を上げると、目が合った夏芽は彼のあふれんばかりの色気に心臓が止まりそうだった。のぼせたような表情で志道を熱く見つめていたら、彼が身を乗り出して頬ずりをしてきた。

サラサラの黒髪を肌で感じ、不意に彼の頭を撫でたくなる。

光樹はスキンシップが好きなのもあって、もう少し幼いときは『ナデナデしてー』と頭を差し出してきた。志道が光樹と同じ顔だからというわけではないけれど、愛する人の頭を触りたいとの欲求が湧き上がる。

その行為を許されるのかも知りたい。

絡まる志道の指を外そうとするが、彼の指に痛いほど力がこもった。

「……駄目だよ。君を離さない」

頬ずりをしながら囁く声は低く、迫力が増している。恫喝《どうかつ》にも似た声は彼の執着を感じさせるから、夏芽の胸がどうしようもないほどときめいた。このまま私を離さないでと、彼と同じことを心の中で願う。

嬉しくて幸せで、夏芽もまた志道を離したくなくて離れたくなくて、彼の頬へ啄《ついば》むようなキスを贈った。すぐに志道が唇に吸いついてくるから、夏芽は誘われるまま舌を彼へ差し出す。

ぬるついた舌をすり合わせていると、気持ちよさと幸福で心が満たされるようだった。

「んふ……ふぁっ、あ……、あぁ……っ」

どちらのものとも分からない唾液を交換して飲み干す。とても心地よくて、とても愛しい……。

息継ぎで唇が離れても、見つめ合う互いの瞳には「もっと」と続きをねだる欲望の陽炎《かげろう》が揺らめいていた。

――あなたが好き……とても好き……。もっと、ずっと、こうしていたい……

いつか途方もない時間が過ぎれば、この想いを伝えることができるだろうか。

想いを込めて舌で彼を愛撫していると、志道がわざと音を立てて舌を絡ませてくる。卑猥な粘着音が立ち昇り、気持ちのいい口づけに没頭する。

やがて呼吸を乱す夏芽から志道が離れた。体をずり下げ、食べられるのを待っていた柔らかい二つの果実にむしゃぶりつく。

「あっ！」

ピンと尖っている突起を舐め回しては吸いあげてくるから、ほとばしる刺激に夏芽は脳内が甘く痺れるよう。

あいかわらず両手は彼に拘束されたままで、快楽を散らしにくい体勢に身悶えする。背筋を弓なりに反らせば、触ってくれと言いたげに突き出された乳房を志道が美味しそうに味わう。

彼に植えつけられる気持ちよさで脳が蕩《とろ》けそうだ。自分で触れてもなんとも思わない体なのに、好きな人に可愛がられるだけで、これほどの官能を生み出すなんて衝撃だった。

――お腹がじんじんする……

攻められているのは胸なのに、下腹部の奥で鈍痛にも似た疼きが熱を持って堆積していく。内側から焼かれる熱量によって精神がさいなまれる。

「はぁっ、はあぁ……っ」

満足するまで乳房を堪能した志道がさらに下がった。薄い下腹の至るところに吸いつき、赤い痕を刻んでくる。臍《へそ》の窪みを舐めたかと思えば、穴の周囲を愛しげに啄む。

そのたびに夏芽の唇からくぐもった嬌声が立ち昇った。

「あっあっ、……んあ、ひぁっ」

しかも彼の大きな体が下がるに従って脚を左右に開かれる。抵抗しようと腿に力を入れるが、まったくの無駄だった。

志道は夏芽の両手を捕らえたまま、腕を使って形のいい細い脚をさらに大きく開かせてしまう。

「やっ！　それ、やだ……ッ」

「こうしないと舐めにくいだろ」

「なめちゃ、だめ……」

今度の、だめ、にも甘さが含まれていた。他人に見せたことがない秘部をさらす羞恥と怯えの中に、戸惑いで覆われた期待が。

「大丈夫、気持ちいいだけだから」

彼は器用に鼻先で薄い草叢《くさむら》をかき分け、とうとう唇が脚の付け根に達してしまう。

蜜口の輪郭を確かめるようにチロリと舐められた。

「ふあぁっ！」

たったそれだけで腹の奥に溜まった熱量が弾けそうだった。未知への恐怖で夏芽の腰がもじつく。縋るものを求めて捕獲された指にギュッと力を込める。

それを合図に男の舌が萎縮する肉の唇に吸いついた。初めての性技に怯える肉びらの一枚一枚を、舌先で丁寧になだめていく。

「あっあっ」

生温かいぬるついた感触が、敏感な秘所を丹念に舐め回していた。

耐えがたいほど恥ずかしいのに気持ちいいと感じてしまい、夏芽は無意識のうちに舌技《ぜつぎ》から逃げようと腰を振る。唾液でコーティングされた乳房がふるふると淫靡《いんび》な揺れを見せる。

それは淫らでいやらしく、男を誘う揺らめきだった。

煽られる志道がますます情熱的に蠢く。舌を伸ばして熱い蜜路の浅瀬を舐めると、そこは夏芽の弱いところだったのか、甲高い嬌声がほとばしった。同時に乾き気味だった膣孔から、ごぷっと蜜の塊が吐き出される。

「やだぁ……っ」

熱い粘液が垂れ落ちる感触に、穴があったら入りたい気持ちの夏芽は涙声を漏らす。対して志道は嬉しそうな声を出した。

「濡れてきた。すごい」

「……いわないで」

逃げ出したいほど恥ずかしいのに。

だが、どんどん蓄積される性的なもどかしさは耐えがたく、解放を求める肉体は女の香りを放ち男を誘惑し続ける。

この体をもっともっと味わって、と。

誘われた志道の舌が、蜜口の上にある小さな芽を捕らえた。密《ひそ》やかに芽吹こうとする突起はまだ隠れているが、舌先で抉《えぐ》るように舐められた途端、夏芽の体に息が止まるほどの快楽が走り脳天へと駆け抜けた。

「——ッ！」

細い肢体が痙攣《けいれん》したようにぶるぶると震える。もっとも敏感な箇所を舌と唇でまさぐられ、隅々まで視姦され、下腹の奥がきゅっと収斂《しゅうれん》した。

「……や、そこっ、あっ、あぁ……っ」

執拗な刺激によって蜜芯がみるみる膨らんでいく。より舐めやすくなった女の昂りを、志道はちゅっと唇で挟み甘く扱《しご》いた。

「くふうぅ……っ！」

快感の強さに涙を零す夏芽は、イヤイヤと言いたげに頭を振る。もちろん志道は彼女が惑乱していると分かっていながら、攻めることをやめたりはしない。もっともっと乱れさせたいとばかりに勢い込む。

蜜芯をざらついた舌の腹で押し潰しては根元から吸いつき、不意打ちのタイミングで蜜口の輪をめくるように舐めて可愛がる。そのたびに白くて細い脚が、ぴくんぴくんと不随意に跳ね上がった。

　やがて蜜芯がぱんぱんに腫れあがる。

「これ、つかんでて」

　志道が体を起こして夏芽の両手を解放し、その手を枕へうながした。肩で息をする夏芽は意識が朦朧として素直に従う。このとき終わりが見えない快楽責めがようやく終わったのかと安堵して、いい感じに力が抜けていた。

　志道はだらりと投げ出された美しい脚を愛しげに撫で回し、膝裏をすくい上げて彼女の腹側へと両脚を押し付けた。

　幸か不幸か夏芽の体は柔らかい。限界まで開かれた脚と、彼へ見せつけるように天を向いて暴かれる秘部に夏芽も我に返った。

「……え」

　彼の指先が、可哀相なほど腫れた蜜芯の根元をつかむ。つるりと包皮を剥かれて艶やかな媚肉が現れた。

　何をされるのか分からない夏芽が、やめて、と怯える声を漏らしたとき、膨らみきった蜜芯を男の唇が強く吸い込んだ。

「ふあぁぁ――……っ！」

甲高い悲鳴を上げながら夏芽は背中を仰け反らせる。限界まで高められた快感が一気に弾け飛んだ。

初めての絶頂に目を見開いて動けない。波打つ下腹のリズムに合わせて蜜がコプコプとあふれだし、重力に引かれて淫らに光る筋を描きつつ垂れ落ちた。

志道は夏芽の悲鳴を聞きながら、剥き出しになった蜜芯を夢中でしゃぶり続ける。ときには甘噛みし、ときには舌先でピンッと弾く。

そのたびに夏芽が反応するのを確認しつつ、中指を濡れそぼつ蜜路へゆっくりと埋めた。

「はうぅ……っ」

「夏芽、痛くないか？」

名を呼ばれて、快感に飲まれていた意識が引き戻される。

「いたく、ない……」

痛みはないが局部がじんじんと痺れていた。さらにあられもなく開脚して、ものすごく恥ずかしいポーズを取らされて身の置き所がない。脚を閉じたいのに志道に押さえつけられているせいなのか、力が入らないせいなのか動かせない。

「よかった。これだけ濡れてるから大丈夫だと思ったけど、痛くなったら必ず言ってくれ」

傷つけたくないとの彼の言葉を思い出し、気遣ってくれることで少し心が落ち着いた。

考えてみれば脚の付け根を舐めるなんて奉仕行動でしかない。痛みを感じさせないように準備しているのだと悟って頬を染める。

——私のために。

大切に扱われている実感が夏芽の胸を昂らせ、体の中で彼の長い指が蠢くのを感じ、素直に快感を受け止める。

「はぁっ、あん……」

未開の膣道を解《ほぐ》そうと、男の指が蜜を絡めて肉襞を押し広げてくる。指が抜き差しされるたびに粘着質な蜜が吐き出され、確実に女の弱い部分を刺激してきた。

夏芽は体の中をかき回されるたび、高まりつつある肉体をどうすればいいのか分からず持てあましてしまう。

くちゃっと鳴るいやらしい音が聴覚を犯し、高揚する肉体はさらに蜜液を滲ませた。

「気持ちいい？　びしょびしょに濡れてきた」

「……や、だ」

己の気持ちを見透かされ、恥ずかしいどころか消えてしまいたい。夏芽は顔を横に向けて双眸を右腕で隠した。

志道は空いた手で夏芽の太腿を撫でつつ、指を二本に増やす。

「くぅ……んっ」

「痛いか？」

「はぁんっ、だい、じょぶ……」

圧迫感は大きいけれど痛みはない。それどころか膣いっぱいにまで指が入って、媚肉越しに指の形をリアルに感じ取って恥ずかしい。長さや関節の位置、指の腹が小刻みに膣襞をこする様子も。

おまけに自分のナカが彼の指にまとわりつき、締めつけてはしゃぶっている感覚まで、意識したくないのに拾ってしまう。

「あぁう……、はんっ、あう、んん……っ」

——気持ちいい。すごく、気持ちいい。

脳髄《のうずい》をかき混ぜられるような快感に、夏芽の視界が断続的にブレる。

今は蜜芯を吸われたときのような激しい刺激ではなく、ゆったりとした重い快楽だった。おかげでほんのわずか余裕があり、その余裕があるからこそ我を忘れて善《よ》がることができず、お腹の中で蠢く指の動きや、途切れない気持ちよさを感じ続けて恥ずかしい。

心臓がありえないほど速い鼓動を刻み、破裂してしまいそうだった。

「あぁ……、見ないで……」

「見なかったら、君の様子が分からないだろ」

気のせいか志道の声がかすれている。双眸を隠していた腕をどかすと、彼がこちらの痴態を熱っぽい眼差しで見つめていた。

その目元が赤い。とても色っぽくて初めて見る彼の表情に、どうしようもなくドキドキする。

夏芽の気持ちに呼応したのか、ほころびかけている蜜路がうねって指に隙間なく絡みついた。おかげで彼の指技をますます感じやすくなる。

「あぁうっ、……こんな、やぁ……っ」

「可愛い……夏芽……」

のぼせたような、うっとりとした声を志道が漏らし、同時に指を三本に増やしている。ぐちゅっと押し出された蜜が糸を引いてシーツに垂れ落ちた。

濡れまくる夏芽の反応に気をよくしたのか、志道の指がバラバラに動き出す。あくまで優しく、だが容赦なく処女の膣孔を開拓していく。

腹側の媚肉を指で押し上げつつ前後にこすり、手首を左右に回転させては指の腹でまんべんなく刺激する。第一関節を曲げると鉤状にした指で掘るように嬲る。

――何かっ、きちゃう……

途切れない快感と共に、体の奥から得体のしれない何かがせり上がってくる。一度経験したことがある絶頂の感覚だと悟るが、あのときよりもっと大きくて強い予感だった。

夏芽は仰け反りながら身悶える。

「やぁっ、こわぃ……っ」

「イきそう？」

あの強大な弾ける感覚がイくということなのだと察し、夏芽はもがきながらもコクコクと首を縦に振る。

このとき志道が大きな体を屈めて再び蜜芯を甘噛みしてきた。閃光のような鋭い快楽が夏芽の脳裏で瞬く。

「あぅうつ、やぁっ、まってぇ……ふぁぁぁぁっ！」

自我が壊れてしまいそうで、彼を離そうと頭に触れるが髪の感触に手が止まった。自分の中で頭部を押し返すという行為ができなくて。

「ああんっ！　ぅあぁっ！　ハッ、だめぇ、だめなのぉ……っ！」

抗《あらが》えない快感が波のように何度も襲って、追い詰められた体がブルブルと痙攣する。内と外から巧妙な刺激を刻み込まれ、膣襞の蠕動《ぜんどう》が止まらない。シーツに液溜まりを作るほど蜜があふれる。

もう耐えられなかった。

かすれた悲鳴を上げて夏芽は全身を突っ張らせる。脳裏が真っ白に染まり、意識がすり潰されたのか目を開いているのに何も見えない。

言葉で表せない快感の余韻が大きすぎて放心する。

どれぐらいそうしていたのか、蜜口を上下にこする熱くて硬い存在に、混濁した精神が己を取り戻した。

　さまよう視線が下肢へ向けられたとき。

「あ……」

　限界まで大きく開かれた脚の間から聳《そび》え勃つ一物が見えた。蜜をまとって妖《あや》しく光るそれは太くて逞しく、彼が服を脱いだ際に見えた大きさ以上に育ちきっている。

　あんな大きなものが自分の中に入るのかと考えれば、サイズ的に無理ではとの怖れを抱く。その反面、物欲しげに屹立を見つめたまま視線を外せなかった。それどころか下腹が疼き、トロトロと熱い体液が垂れていると感じる。

「夏芽、挿《い》れていいか？」

　志道が我慢の限界だと言いたげな表情でこちらを見下ろしていた。したたり落ちる男の色香にクラクラする夏芽は、操られたかのようにコクリと頷く。

　志道は己の腹部に付きそうなほど反《そ》り返った分身に手を添え、ヌルヌルとすべる蜜口に亀頭をあてがい、ゆっくりと蜜の源泉へと沈めていく。

「あっ、はぁあ……っ」

　縋るものを求めて夏芽の手が宙をさまよい、再び志道が両手の指を絡めてくる。白い肌とやや濃いめの肌が交互に絡まり、その様子はまさしく〝交わる〟ようだと呻く夏芽は思う。

　あなたと私が交わっていると――

「あぁう……、はぁっ、ああ……」

指でほぐしてもまだまだ狭い蜜路を、肉槍が前後しながら強制的に押し広げてくる。突き入れるたびに破瓜《はか》の血が混じった蜜があふれ、腰を引けばズズッと卑猥な水音が立ち昇る。

志道は時間をかけて慎重に、誰も触れたことがない最奥《さいおう》へ分身を埋めて夏芽を自分のものとした。

「ハッ、全部、入った……痛いか？」

猛烈な圧迫感で呼吸が乱れる夏芽は、痛くはないと告げる代わりに顔を左右に振る。だが息を吸うたびに、ナカに収めた彼の存在を感じ取って苦しい。それぐらい彼のモノは大きく、蜜路のいっぱいいっぱいまで男を頬張ってどこにも余裕がなく、全身から汗が噴き出た。

「はあぁ……っ、うごいちゃ、だめぇ……」

串刺しにされたかと思うほど、内側からの圧力に肢体がくねる。当然、膣孔もうねって細かい襞が蜜を滲ませつつ彼の分身を抱き締めた。

甘く淫らな刺激に肉塊がピクピクと揺れて、志道が恍惚の溜め息を漏らす。

「……まだ動いてないぞ。夏芽が締めるから、ちょっと跳ねただけだ」

「あっ、あぁっ、わたし、なにも、してないぃ……」

涙目で見上げれば、志道が額に汗を浮かべて唇を引き結んでいる。彼は視線が合うと、恋人つなぎにした手を夏芽の顔の横に押し付けて覆い被さってきた。

姿勢を変えられるたびに陽根と膣路がこすれて夏芽は悶える。

「ふあぁ……っ」

逃げ場がないのに逃げようとする夏芽の唇が塞がれた。深い口づけで彼女を貪った志道は、啄むキスを頬や鼻、瞼やこめかみに落としてから耳元で囁く。

「ヤバいもう動きたい。すまん、ちょっと動くから」

早い口調で言うがいなや、志道が腰をゆっくりと振り始める。ぐちっ、ぐちゃっ、と密度の高い淫猥な水音が鳴った。

こんなにキツイのだから動いたら痛むかもと夏芽は思ったが、びしょびしょに濡れているせいか痛みは感じない。

彼は指を絡ませたまま腕で自身を支えると、揺れる乳房の尖りに吸いついた。

「んあぁっ、ンッ、ンッ！」

胸からほとばしる快楽に連動して蜜口が窄《すぼ》まる。

志道の動きが止まって体重をかけてきた。

「はっ、締まる……イイ……」

彼の重みを受け止める夏芽の頬を黒髪が撫でる。不意に彼女は、彼の頭部を優しく撫でたいと思った。こんなことをできるのは私だけとの自己満足かもしれないが、自分にとって頭を撫でる行為はとても親密なものだから。

「あなたに、さわりたい……手、はなして……」

「ん」

両手が解放されて抱き締められたので、夏芽は逞しい首に両腕を回して黒髪を撫でる。髪質はやはり光樹と似ていると思った。でもこんなふうに素肌をさらして触れ合うのはあなただけ。

——これからも、ずっと、あなたと生きていきたい……

切ない欲望が心に盛り上がって体温を上げる。あなたに振り向いて欲しいと、少しでも私を好きでいて欲しいとの願いが夏芽の官能を増していく。

愛する男と離れたくない想いが蜜路を蠢かした。逃がさないとばかりに強く淫らに媚肉が男を絞る。

精をねだる卑猥な奉仕に志道が呻いた。

「クァ……ッ！　ちょっ、待った……」

ぽたり。顔を上げた志道の額から汗が垂れる。

至近距離で汗に濡れる端整な顔を見れば、この部屋に入ってから初めて見る彼の表情がいくつもあったと思い返す。

今みたいに切羽詰まったような、自分を制御できないような表情。

大切なものを見守るような優しい表情。

女を食らおうとする、男の獰猛《どうもう》さを表す興奮した表情……

胸を高鳴らせる夏芽が志道の激しい目を見つめると、それだけで愛しさが膨らむ。

——あなたを愛している。

彼女の眼差しに何かを感じたのか、志道は「力を抜いて」と囁いて静かに唇を重ねた。

舌をすり合わせる動きに夏芽も夢中で合わせる。すると口に意識が向けられたせいか体の力がいい具合に抜けた。

口づけを続けたまま男の腰がゆっくりと前後する。志道は夏芽の細い体をガッチリと抱き込み、決して逃げられないよう肉体で覆って幾度も貫く。

ゆったりとした交接は長く続いた。

彼は猛《たけ》る肉塊を蜜路の根元までじっくりと埋め込み、媚肉が扱くのを振り切って引き抜く。指で探ったときに夏芽の反応が良かったところを、雁首でいやらしく引っかく。

「んくっ、んんぅ……っ！」

夏芽がもがいても腕の檻で動きを封じ、口づけで悲鳴を塞ぐ。初めて飲み込んだ男の形を忘れないよう、優しいけれどしつこく、徹底的に体へ覚え込ませようともくろむかのようだ。他の男へ目を向けないよう、自分だけを求めるよう情欲で躾けられていく。

「ふぁあ……っ、あ、くふぅ……！」

抽挿《ちゅうそう》による快楽に夏芽はだんだんと耐えられなくなってくる。気持ちよすぎて頭がおかしくなりそうで、体の奥が悦びすぎてプルプルと震えた。

キスを続けることもできなくなり、唇の端から二人分の唾液があふれる。どうにも逃げられない状況に目尻からポロポロと涙が零れた。

志道が唇を離して涙を吸い取る。

「痛いか……？」

「ちがっ、きもち、いい……っ」

「じゃあ、これは？」

志道が腰をひねると突き上げる角度も変わり、夏芽は新たな甘い刺激に満たされてわななた。

「あっ、あっ」

「気持ちいい？　じゃあ、これも……」

志道は体を起こすと、美しくくびれた腰を両手で逃がさないようつかみ、グッと結合を深くする。

最奥のさらに奥へと突き入れるような圧迫に、夏芽は仰け反って喘ぐことしかできない。

「はあぁぁ……っ！」

「ああ、めちゃくちゃ可愛い……もっと啼いてくれ。俺のために」

熱に浮かされた顔つきで呟く志道は、密着したまま腰を淫猥にねっとりと回す。ぎちぎちに

埋まった陽根で、蕩けた膣孔を縦横無尽にかき回した。

まんべんなく媚肉をこすられた夏芽の肢体は、痙攣したかのように跳ね上がる。

「いやぁあ……っ、やめっ」

ピンと張ったシーツをつかもうとする夏芽の手が滑り、力を入れることができず啼きながら善がる。その艶姿を志道はうっとりと見つめながら、再びしつこく腰を振る。汗ばむ白い肌をいやらしい手つきで撫で回す。

志道の思うがままに夏芽は嬌声を上げて蜜を噴き出した。

「ひぁっ！　あ！　ああ……っ！」

「ここを突くと、よく締まる……」

浅瀬にある腹側の膣襞は、夏芽がもっとも激しく乱れる弱点だった。そこに当たりやすいよう、志道は枕へ手を伸ばして彼女の尻の下に敷く。肉棒と蜜路の角度を合わせ、亀頭でそこをこすりながら執拗に突き入れた。

びくんっ、と大きく震える夏芽の下腹を撫でつつ腰を引き、狙いすました箇所を太く張り出したエラでゴリゴリと抉る。

声にならない悲鳴を上げる夏芽の媚肉が、自分を支配する男の分身を思いっきり締めつけた。

「ク……」

精をするような襞の蠕動を味わう志道は、天を仰ぎながら呻く。

「……はぁ、すごいな。出そうだった」

腕で額の汗を拭い、再び淫らな腰使いで夏芽をじっくりと啼かせ始める。それは決して激しくはない、どちらかといえば穏やかな律動だった。しかしそのせいで夏芽は快楽の階《きざはし》を駆け上がることができず、延々と嬲られて喘ぎ続けるしかない。

性感による支配を目的とした手練手管は、容赦がなかった。

「やらぁっ……もぉ、だめぇ……あっ、ああ！　ひっ、あぁんっ！　ああっ、ほんと、わたし……あっ、あぁぁっ！」

好き放題、貪られる夏芽はすでに息も絶え絶えだ。とめどなく蜜をあふれさせて涙を零し、善がりながら肉棒を絞る。

内側から志道によって溶かされるようだと思った。もうこの体は彼が肌に触れただけでも感じてしまう。

性的に屈服させられた夏芽は、極めることができないもどかしさから志道へ手を伸ばした。

「ふぁあっ！　んぁっ、しどう、さん……！」

自分の腰をつかむ大きな手のひらに触れたとき彼と目が合った。揺さぶられながら見つめると、志道が性急に抱き締めて口づけてくる。夏芽も必死に舌を差し出し、離れていることがおかしいと感じるほど互いに夢中で唇を貪る。

やがて志道は、ゆるゆると腰の動きを止めないまま夏芽の耳元で囁いた。

「このまま中に射精《だ》したい。……いいか？」

甘えるような声は許可を求めながらも引く気配はない。夏芽も拒絶するつもりはなかった。本当の夫婦になりたいと、二人の子どもを一緒に育てていかないかと望まれたうえで、彼に抱かれることを受け入れたのだから。

夏芽は同じように彼の耳へ唇を近づけ、吐息を吹きかけながら囁く。

あなたの子どもを授けてください、と。

ぴたり。一瞬、志道の動きが止まったと思ったら、勢いよく上体を起こして腰を叩きつけてきた。

「ああぁんっ！」

「今っ、出るかと思ったぞ……！」

唸るような口調で言い放つ志道が、律動を止めないまま左手で乳房を揉みしだく。右手をぐちゃぐちゃに濡れた秘所へ下ろし、蜜でぬめる陰核を指で扱いた。

「あぁぁ！　やぁっ！　ふあぁ！　あぁんっ！」

凌辱ともいえる激しさで、夏芽はあっという間に高みへと押し上げられる。蜜路を抜き差しするガチガチに硬い一物を媚肉がしゃぶりながら、嬌声を上げて快楽を極めた。

痙攣する膣道が男へ射精をうながすように締めつける。その快感を歯を食い縛って耐えた志道は、すぐさま猛烈な抽挿で夏芽を追い詰めた。

「あ！　あっ、だめっ、それいじょぅ、あっ、あああぁ……っ！」

体の震えが治まっていないところへ新たな快楽を注がれ、夏芽は泣きながら逃げようともがく。もちろん抵抗などあっさりと封じられ、男の好きなように啼かされる。

結合部から熱い蜜が飛び散って二人を卑猥に濡らした。

「夏芽……ッ、ハッ、俺もっ、もぅ……っ」

うねって絡みつく媚肉の心地よさに、とうとう志道が音を上げる。奥深くまで分身を突き刺して局部を密着させると、呻きながら欲望を解放した。

夏芽は朦朧とする意識の中で、彼のモノが勢いよく跳ねていると、断続的に吐精していると内側から感じ取った。それは一度や二度ではなく、そのたびにお腹の奥に不思議な感覚が溜まって腹部が波打つ。

——本当に、出てる……これが男の人の……

呆けたように自分の体の中に意識を向けていたら、ゆっくりと肉塊が抜かれようとした。が、亀頭が抜ける直前に再び貫かれる。

「ふあぁんっ！」

油断していたところへ刺激を突き刺され、夏芽は仰け反って脚を震わせた。志道が素早く彼女の膝裏をつかみ大きく広げ、律動を刻み込んでくる。

「すまん。萎《な》えないから、もうちょっと抱かせてくれ」

「ああっ！　わたし、うごけなぃ……」

「大丈夫。俺が動くから」

舌なめずりをする志道が、魅力的な肢体を組み敷いて何度も啼かせようと意気込む。すでに体力を使い切った夏芽は、彼に操られるまま啼きに啼いて男を締め付けるしかない。

志道が満足するまで、あと二回も蹂躙《じゅうりん》されるとは知らずに。

第五章

三月に入ったばかりの金曜日、午後九時。家事を終えた夏芽が光樹から本日の学習について聞いていたとき、マンションのエントランスを解錠する音がインターホンから鳴った。

志道が帰ってきたようだ。インターホンの画像を確認すると、エントランスを足早に通り過ぎる夫が映っていた。

このマンションでは、部屋と紐づくカードキーが使用されると音で知らせてくれる。お知らせ機能は停止することもできるが、夏芽は夫を出迎えたいのでありがたく使っていた。

リビングから長い廊下を歩いて玄関へ向かうと、ちょうど扉が開いて志道が入ってきた。

「ただいま」

妻を認めて満面の笑みを浮かべる夫から、鞄とコート、ジャケットを預かる。夏芽は先に夫婦の寝室にあるウォークインクローゼットへ向かい、ジャケットにブラシをかけていると、手洗いとうがいを済ませた志道が入ってきた。

以前、帰宅してすぐに彼が玄関で口づけをしてきたため、まだ寒いこの時期は感染症が怖いと訴えたところ、必ず手洗いなどを済ませてから触れるようになった。

洗いたてのしっとりとした、石鹸の香りがする手で志道が抱き締めてくる。すぐさま唇が重なって舌で口内をねっとりと舐められた。

「ん……っ」

左の手のひらが妻の肢体をまさぐり、右手が夏芽の左の指と絡まる。志道は恋人つなぎが好きなのか、はたまた自分が贈った婚約指輪をはめているのを確認したいのか、毎日こうして指を絡ませてくる。彼が選んだ大粒ダイヤモンドのリングは、仕事と家事をするとき以外はなるべく結婚指輪と重ねづけをしていた。

夏芽は指の股に食い込む男の力強さと、体を這い回る官能的な刺激に体を震わせる。

ホテルでの初めての夜からひと月が経過した現在、夏芽と志道は寝室を共にしていた。

光樹はあの日、夜遅くに帰ってきた両親の親密な様子を見てから、自分の部屋で寝るようになっている。早熟な光樹には親が何をしてきたのか分かっていそうで、夏芽は居たたまれない気持ちを抱いたものだ。

しかし恥ずかしいとは思いつつも、志道との夜を嬉しく思っていた。あれから幾度も彼と濃密な時間を過ごし、夫に躾けられた肉体は触れられるだけで体温を上げるようになった。

今もまた、お尻を揉み込む悪戯な手の動きに翻弄される。以前など、こうして触れ合っていたらそのまま押し倒されたこともあった。

その日は彼が早い時刻に帰ってきて、夏芽はちょうど夕飯の支度を終えたところだった。休日以外で家族三人が食卓を囲むのは珍しく、そのことを夏芽が喜んでキスに積極的に応えていたら、いつの間にか服を脱がされて喘ぐ破目になった……

光樹はその間、一人でおかずを温めてご飯をよそい、先に食事を済ませていた。彼はそれから一時間以上もたって、ようやく夏芽を連れてリビングに現れた志道をじっとりと睨んだ。

『オジサンさぁ、子連れ相手との結婚って、子どもの心に寄り添わないと失敗しやすいって聞いたことない？』

と、ブチブチ文句を言っていたものだ。

子連れというなら光樹は志道の連れ子という形になるのだが、そのことは夏芽も志道も指摘しなかった。心情的に光樹は夏芽の子だと、その場にいる全員が思っていたから。

……とのことを頭の片隅で思い出しながら、夏芽はいまだに志道の唇と舌を受け止めていた。

「あふ……んっ、んむっ、んん……っ」

思う存分、妻を堪能してから、ようやく満足した志道が離れた。もう夏芽は涙目で、瞳が潤み頬は紅潮している。

美味しそうに熟れた頬を志道が指の背でなぞり、そのまま首筋へと下ろしていった。官能を帯びた指の動きに、夏芽は照れたように眼差しを伏せる。

彼にはすでに己の体の隅々まで、それこそ自分では見たことがない秘部まで暴かれている。恥ずかしがっても意味はないというのに、こうして欲情した眼差しにさらされると居たたまれなくて身が縮む。

そして志道は妻が恥じらう様子が大好物だった。愉悦の微笑を浮かべて夏芽をじっくりと愛でており、お腹を空かせた獣がご馳走を前にして興奮する気配を発している。

「あの……、食事、できてます、から……」

志道が長身を屈めて夏芽の耳に顔を近づける。

「敬語はナシ。約束しただろ」

告げた直後、志道が耳の輪郭を舌で舐めて、耳が弱い妻を優しく嬲る。

肌を合わせてからというもの、彼は妻との間にある壁をいくつも壊していた。寝室を共にしたことだけでなく、敬語を禁止したことも、その内の一つ。

他人行儀に話されると俺は寂しい。そう言って志道は夏芽の手を握り瞳を甘く見つめてきた。おかげで夏芽は、男の情熱と欲望がしたたり落ちる眼差しにクラクラして、のぼせそうな想いで何度も頷いた。

それでもこうして動揺すると敬語が出てしまう。

「ごめん……ごはん、食べて……」

「んー、先に夏芽を食べたい」

「またそういうことを言う……後にして。話したいこともあるし……」

「何？　話って」

「お義母さんから大切な伝言が……待って、触っちゃ駄目……」

男のふしだらな指がお尻の割れ目から局部をなぞる。ぴくんっと夏芽の体が官能的に揺れた。

「後なら、触ってもいいか？」

はむはむはむ。志道は妻を篭絡《ろうらく》しようと耳たぶを甘噛みしつつ、おねだりの口調で囁いてくる。

疼きを下腹に感じた夏芽は、生まれたての子鹿のように脚が震えてしまう。ここで座り込めば志道は嬉々として妻を抱き上げ、ベッドに運ぶだろう。

「後なら、いい、わ……」

必死に答えると、夏芽を抱き締める腕に強い力が入る。

約束だ。そう色っぽく囁いた男の声には喜悦が滲んでいた。

素直に妻を解放した志道は、その場で堂々とスーツから普段着に着替え始める。慌てて夏芽はウォークインクローゼットから逃げ出した。

寝室から出ると扉にもたれ、ハーッと肺の中の空気を空にするような大きな息を吐き出す。

油断するとその場に尻もちをつきそうだ。

——旦那さまがエロいです……

肉体関係を結んでからというもの、彼は遠慮という言葉を持たなかった。さすがに光樹がいるところで露骨に触ってくることはないが、二人きりになれば離れている時間が惜しいと言わんばかりにイチャついてくる。

二人だけで出かけたいとねだることも多く、光樹があっさりと『行ってきたら？』と許すのもあってデートする機会が増えた。

食事をしたり、映画を観たり、買い物をしたりと、健全なデートのときもあれば、たまにホテルへ連れ込まれるときもある。

市内に住んでいるのに、市内のシティホテルをラブホ代わりに使う彼の感覚に付いていけなかったが、さすがにもう慣れた。

そして慣れるに従って、自分の中で彼への想いの形が変化していくのも感じ取る。愛が冷めるということではなく、多くを望まない穏やかな心持ちへと変わったのだ。

彼に、『本当の夫婦になりたい』と告げられたときは、体だけを求められることへの寂しさを覚えた。彼が好きだからこそ、私のことも好きになって欲しいとの切なさを抱いて。

だがここまで熱烈に求められると、女としてのプライドが甘く満たされて望外な幸福を感じる。彼がこちらを見る眼差しが、まるで「愛してくれ」と訴えているかのようで、うぬぼれでもいいからそう思い込んでいたい。

醒《さ》めることがない幸せな夢を死ぬまで見続けていれば、それは己にとって現実と同じになるから。

ドアにもたれる夏芽は、頬を赤く染めてドキドキと高鳴る胸を手で押さえる。だが同時に、胸の奥でドス黒い負の感情が蓄積されるのも感じた。

志道のことは信じている。愛している。だがそれだけでは、どうしようもないことが起きる場合もあると自分は学んでいる。

父親と光樹の三人で幸せに暮らしていた日常が突然壊れたように、今の幸福が長続きしない可能性だってあるのだ。現に……

夏芽はきゅっと唇を引き結ぶ。あまり悪い方に考えてはいけないと自身を戒《いまし》めたとき、いきなり背中を預けるドアが開いた。小さく悲鳴を上げた夏芽は背後に倒れてしまうが、志道がなんなく妻の細い肢体を受け止める。

「どうした？　俺を待ってたのか？」

満面の笑みを浮かべる志道は彼女の返事を待たず、軽い肢体をひょいと抱き上げてベッドへ進んでしまう。後で、との約束など忘れ去った様子で、夏芽の制止も聞かず彼女のニットをたくし上げ、スカートも素早く剥いて裸体に仕上げてしまう。

結局、志道が食事をするのはかなり遅くなり、光樹から呆れた視線を投げつけられることになった。

一週間後の土曜日。この日は光樹を連れて市内の科学館へ行く予定があった。

ダンゴムシの生態を研究するイベントがあるため、ダンゴムシ好きの光樹は、早い時期から志道に連れて行ってとおねだりしていた。

なぜ夏芽ではなく志道へ頼んだかといえば、夏芽はダンゴムシが大の苦手なのだ。

光樹が保育園児だった頃、彼は園庭で拾い集めたダンゴムシを三十四ほど、通園バッグに隠して帰宅したことがあった。その夜、ダンゴムシたちはバッグから逃げ出し、夏芽のベッドへ潜り込むという悪夢が起きた。

眠っている間に肌を這い回るダンゴムシに絶叫を上げた夏芽は、それ以来、ダンゴムシを見ると鳥肌が立つのだ。

その話を聞いた志道は笑いの衝動を必死に押し殺していた。

なので珍しく父子二人で科学館へ向かっている。その科学館は今までに何度も通っているため、開館と同時に入ってイベントを体験し、お昼前には帰ってくるという。

一人でお留守番となった夏芽はのんびりと室内の掃除をしてから、昼食の食材を買いに部屋を出た。

すると広大なエントランスホールを歩いて出入口に向かう途中、コンシェルジュに声をかけられた。マンションの外に不審者がいると。

奇妙に思った夏芽は目を瞬かせる。

——不審者って、捕まえないの？

このマンションは警備員が常駐しているのだ。不審者など敷地の外へ放り出すはずだろう。

そのことを尋ねてみれば、コンシェルジュは曖昧に微笑んで言葉を濁している。珍しい態度に首をひねりつつ外に出てみると、すぐにその不審者とやらに気づいた。

背が高い男性だった。マンションを見上げて、目的もなくブラブラしているといった様子である。

自分の進行方向に立つその人物と目が合わないよう、夏芽は静かに歩きながら、「ははあ」と納得した。監視カメラで警戒してはいるだろうが、表向き放置されているのは身なりがいいからだ。

義母に連れられて富裕層の人たちと会う機会が増えたおかげで、自分も少しずつ目が肥えてきた。その人物をよくよく観察すれば、羽織っているダークネイビーのチェスターコートはラインが実に美しく、軽い素材のようなのに見たことがない上品な光沢があった。ひと目見て上質なアウターだと感じる。

こちらを向いていないため服装は分からないが、靴はきちんと磨かれているようだ。たしかにこのいでたちでは、不審者でも強引なことはしにくいだろう。

そして彼が首を撫でたとき、左手首にある時計を認めて夏芽は目を見開いた。

――あ、あれって、パテックフィリップセレスティアル……！

数千万円はする超高級腕時計だった。

志道はこの時計を持ってはいないが、以前義母が夫君のコレクションを見せてくれた際に、パテックフィリップセレスティアルがいくつかあったため覚えている。

庶民が、「ボーナスが予想より多かったから奮発していい時計を買おう」というレベルでは手が出ない高級品を見て、なぜマンション側が不審者として取り締まらないのか本当の意味を悟った。

このマンションを購入できそうな、未来の顧客になるかもしれない人物だからだ。

——でも何しに来たんだろう。マンション見学なら、そう言えば喜んで通されるだろうに。ここの住人に用があるなら、オーナーズラウンジを利用することもできるのに。

不思議に思いつつも、その人物の背後を通り過ぎようとする。このとき不意に彼が振り向いて目が合った。

既視感を抱いて夏芽は足を止める。誰かに似ていると思ったのだ。

志道に負けず劣らず端整な容姿の持ち主だった。左右対称の造作に滑らかな肌、色っぽい切れ長の目。やや線が細い印象の男性だが、美しさと相まって消えてしまいそうな儚さを生み出し、母性本能をくすぐる気配がする。

これが女性ならば、世の男性は無条件で手を差し伸べてしまうのではないか。それぐらいの美男子だった。

とはいえイケメンを見慣れている夏芽は特に見惚れたりはしない。ただ、なんとなく誰かを連想させるのに、その誰かが分からなくてもどかしい。それで不躾に見つめていると、視線の先の人物がニコリと微笑んだ。

「こんにちは」

このとき夏芽の脳裏に閃光が走った気がした。

「あっ、……えっと、こんにちは……」

慌てて会釈をしたとき、彼が目を見開いて驚きを顔中に表した。……なんだろう、頭に埃《ほこり》でも付いていただろうか。

その人物はすぐに元の笑みを顔に貼りつけ、夏芽に体ごと向き合った。

「まだまだ日本は寒いですね。桜を期待していたのに、早すぎた」

「そう、ですね……」

まだ三月の中旬である。天気がよければ日中の気温はかなり上昇するものの、普段は春物のコートが手放せない。

夏芽はなんとなく自分のトレンチコートの前をかき合わせた。自分を見つめる彼の瞳が、心の深淵を覗いてくるような気がして。

すると。

「お茶でも飲みませんか？」

いきなり見知らぬ人物から誘われて、「えっ」と固まっていたら、彼は夏芽が了承していないにも拘《かかわ》らず歩き出してしまう。付いてくるのが当たり前だと考えている様子に、夏芽は仕方なく後を付いていった。

しかし歩くのが速いため、追いかけるのに必死だ。

「あのっ、どちらへ行かれるのですか？」

「特に考えてない。この辺りの地理は詳しくないんだ」

「でしたら右手に曲がってまっすぐ歩けば大きな公園があります。そこに行きませんか」

「俺はお茶でも飲まないかって言ったけど？」

「自販機があります」

すると男性は歩きながら密やかな笑い声を漏らす。振り向かずに、「いいよ」と答えたため、夏芽はスマートフォンを取り出して素早く志道へメッセージを送信した。

彼は後を付いてくる存在を完全に無視しており、公園にたどりつくと人が少ない位置のベンチに悠然と腰を下ろす。

夏芽は一人分の間を空けて隣に座った。飲み物はいいだろうかと頭の片隅で考えたが、相手が何も言わないので指摘しなかったところ、彼の方が先に口を開いた。

「何かしゃべって。声を聞きたい」

どういう意味かと思ったが、素直に聞きたいことを尋ねることにした。

「私にどのようなご用件でしょうか」

「あんたこそなんで誘いに乗ったの？　俺の顔が好みだった？」

「いえ、まったく」

欠片も興味ないとの本音をさらりと告げれば、端整な顔に意外だとの表情が浮かんだ。

彼はすぐに皮肉そうな顔つきになる。

「まあ、志道も顔はいいもんな。あいつと暮らしていれば俺に興味も持たないか」

……ああ、やはりそうかと夏芽は納得する。なぜ自分に声をかけたのか不思議だったが、目的があったのだろう。

無意識に左薬指にある、志道の熱意が込められた指輪を撫でる。

「私をご存じでしたか。……成澤俊道さん」

志道の兄であり、光樹の父親である男をまっすぐに見つめれば、彼は横目でこちらを見ながら唇に弧を描いた。

一週間前、義母に呼び出されて驚くべきことを聞かされた。いわく、十年以上も行方不明となっている、成澤家の長男らしき人物から電話があったと。その人物は克子が在宅か尋ね、不在と知るとすぐに通話を終えたそうだ。

そのことを聞いた克子は驚きつつも狂喜乱舞した。

『もし本当に俊道なら、光樹くんと一緒に暮らさせてあげたいわ。そうすればあの子も二度と行方をくらましたりはしないでしょう！』

と、嬉しそうに告げていた。

それは子の福祉の観点からしてアリなのかと夏芽は思ったが、一人で盛り上がっている義母に何を言っても無駄だと思い、その日は成澤邸をお暇《いとま》した。

帰り道、様々なことを考えた。

本当に俊道が生きていて光樹との暮らしを望んだら、光樹は手放さなくてはいけないのかと。そして子の母として志道と結婚した自分は、どうなるのかと。

志道と婚姻関係を続ける意味もなくなって、彼と別れなくてはいけない未来まで脳裏をよぎった。

それを考えるだけで、足元に奈落へ続く穴が開いたように感じる。考えれば考えるほど悪い結末しか思い浮かばず、志道へは義母の伝言を、ただ俊道が帰ってくるかもしれないとしか伝えなかった。

夫がなんと答えるかが怖くて。

その俊道を夏芽は見遣る。成澤家の誰にも似ていないと思った。でも微笑んだときに目元が義母に似ていると感じた。そして自分へ声をかけたことを鑑みて、彼が俊道ではないかと思った。直感に間違いはなかったようだ。

視線の先の彼は微笑を絶やさないが、目は笑っていない。表情豊かな志道とは全然違う、感情が見えない性質の人だった。

志道を前にすると自分は愛しさからドキドキする。好きな人が自分を優しい眼差しで見つめてくれるだけで嬉しくて。

だが俊道を前にすると、恐ろしさからドキドキした。何を考えているか、何をやらかすのかが分からなくて。

このとき遠くから地面を駆ける音が近づいてくると感じた。猛烈な勢いで近づいてくると脳が理解したとき、こちらを射貫いていた俊道が顔を上げる。

直後、腕を引っ張られて抱き締められた。今朝、自分が夫のために選んだフレグランスに包まれて胸を撫で下ろす。メッセージに気づいてくれたようだ。

俊道が麗しい笑みを見せた。

「大きくなったな、志道。久しぶりに会ったお兄ちゃんにはハグしてくれないのか？」

からかう口調は完全に子ども扱いしている。夏芽が顔を上げると、志道は兄を睨みながら眉根を寄せていた。

「……おまえ、生きてたんだな」

「勝手に殺すなよ。――その子が光樹くんか？」

志道とは違い、悠々と歩いて近づいてくる子どもへ俊道が目を向ける。その眼差しが鋭いように感じて、夏芽の心臓が大きく跳ね上がった。

しかし光樹は何も言わず、志道の腕の中にいる夏芽の腰に抱きつく。

「なっちゃーん、ただいま。ダンゴムシ、いっぱい触ってきたよ！」

無邪気な声で俊道をスルーしている。その様子を見下ろす志道は、光樹の頭を撫でてから兄へ問いかけた。

「今までどこにいたんだ」

「日本に来る前は南アフリカ。その前はタンザニア。さらに前はエチオピア。アフリカに行く前はインド。ビジネスで動くこともあれば、目的もなく滞在していることもあったかな」

「どうして連絡一つも寄こさなかった。おふくろが心配してるぞ」

「あの人はどうでもいいよ。久しぶりに日本へ戻ってきたのは、光樹くんのことを知ったからだよ」

彼いわく、日本には俊道の家族について教えてくれる協力者がいるという。その人物からのメールはここ数年ほど、代わり映えしない報告だったため無視していた。

しかし半月ほど前、そろそろパスポートの切替が迫っていることに気づき、日本を想えばそのメールの存在も思い出し、久しぶりにメールボックスを覗いてみた。すると自分の子どもが見つかったと記されており、驚いて帰国する気になったという。

そこで光樹を見た俊道は、夏芽に見せたものとは違う穏やかな表情を貼りつけた。

「おいで、光樹くん。俺が君の本当のお父さんだよ」

夏芽の体にまとわりついていた光樹は、嫌そうな顔になって俊道を一瞥《いちべつ》する。

「あんた馬鹿？　それで僕が喜ぶなんて、本気で思っちゃいないよね？」

「俺は君の存在を知らなかっただけで、知っていたら責任を取って弥生と、君のお母さんと結婚したよ。離れ離れになったのは俺にも君にも不運だった」

「いやいや、僕にとっては幸運だから。父親なんてまったく必要ないんで」

「志道は父親になっているのに？　そいつは偽物のお父さんだよ」

その言い方に志道だけでなく夏芽もカチンときた。自分たちは法的にも心情的にも家族として暮らしている。決して偽物ではない。

志道の腕の中で目を吊り上がらせて振り向いた夏芽だが、口を開くより前に光樹が冷静な声を上げた。

「人を苛立たせる言い方がうまいねぇ。この人は僕のお父さんというより、僕のお母さんの旦那さんだよ」

「ミツくん……っ」

お母さんと言われて感動する夏芽が光樹を抱き締める。二人を眺める俊道は肩を竦め、「つまんないなぁ」とぼやいた。

志道が夏芽と光樹を己の背後に隠して声を放つ。

「つまらないとか、つまらなくないとかで子どもの人生に関わろうとするな。本気で光樹を奪おうとするなら容赦はしない」

「おまえに何ができるの、志道くん」

馬鹿にしたように笑う兄に、弟も同じように見下す視線を投げつけた。

「もうなんでもできる。いつまでも弟を自分より弱い子どもだと思うなよ。言っておくが光樹の親権を持っているのは俺と妻だ。実の父親だろうと、一度も光樹を養育したことがないおまえが親権を持つことは不可能に近いぞ」

「光樹くんのことを知らなかっただけだよ。知っていればちゃんと引き取って可愛がったさ」

「だったらここで言い争うんじゃなくて、親権者の変更を家裁《かさい》に申し立てろ。絶対に認められないって思い知らせてやるよ」

志道は怒るわけでもなく、駄々をこねる子どもへ言い聞かせるように静かに告げる。

俊道の顔から薄ら笑いが消えて無表情になった。

「……ムカつく。俺の前ではビービー泣いていればいいのに」

「おまえ、失踪している間に知能が下がったのか？　自分より弱かった人間がいつまでも弱いままだなんて、本気で思ってたらただの馬鹿だ」

「俺の中では、おまえは好きなときに踏みにじることができる存在でしかないんだけど」

「思うだけならお好きにどうぞ。だが光樹は決して渡さない。おふくろがおまえの味方になったとしても無駄だ。すでに手は打ってある」

鬼畜な兄のことだから、本当に帰ってきたら暇つぶしに家族を引っかき回していくだろう。

そう思い対抗措置は取ってあると志道は告げた。

いつの間にそんなことをしたんだろう。と夏芽が驚いていたら志道が振り返った。

「光樹。俺とこのクソ馬鹿野郎と、どっちに付いていく」

「聞くまでもないでしょ」

光樹が夏芽から離れて志道の腕にぶら下がった。

「このオッサン、遺伝子的なつながりしかない他人じゃん。二度と顔を見せなくていいから、僕の人生になーんにも関わらないで」

笑顔で言い切ると志道の大きな体にジャンプして飛びつく。よじよじとコアラのようによじ登れば、志道は苦笑しつつ光樹をひょいと抱き上げた。

わざとらしくイチャつく二人の姿に、俊道が顔を伏せてハーッと息を吐く。直後、すぐに視線を上げて夏芽を射貫いた。

その眼差しに夏芽は背筋を粟立てる。男が女を求める情感が帯びており、志道が向けてくる激しい目に似ていると感じたのだ。反射的に夫の体へ縋りつく。

志道は右腕で光樹を抱き上げながら、左腕で夏芽を抱き寄せた。妻子を守ろうとする姿に、俊道が忌々しそうに目を眇《すが》める。

「なんでよりによって弥生の妹を選ぶんだ。あいつの妹は一人しかいないのに……女なんて他に山のようにいるだろうが」

いきなり話が変わって夏芽も志道も光樹も、「え?」といった顔つきになる。

志道は夏芽の顔を見下ろし、次いで光樹と目を合わせてから兄へ視線を向けた。

「……人を好きになる気持ちに理由なんて必要ないだろ。たしかに夏芽と出会ったのはおまえが原因だが、俺が夏芽を好きなことにおまえは関係ない」

え、と今度は夏芽が志道の顔を見上げる。

——今、私を好きって言った……?

動揺する夏芽だが、それには気づかない志道は言葉を続けている。

「というか兄貴、ちょっかいを出してきたのって、まさかそれが原因かよ。光樹を産んだ人がどんな人かは知らないけど、夏芽とは姉妹でも別人だぞ」

そこで光樹も呆れた声を出した。

「もしかして僕を引き取れば、なっちゃんも付いてくるとか思ったの? ていうか、なっちゃんたち姉妹って顔は似てないのに、どうしてそうなるの?」

志道が光樹へ「そうなのか?」と聞けば、「うん。写真で見たことがある。でも声はそっくりだって、おじいちゃんが言ってた」と父子で話している。

声、との言葉で動揺していた夏芽は我に返った。

『何かしゃべって。声を聞きたい』

——この人、お姉ちゃんのことが忘れられないんだ……

呆然と俊道を見つめていると、けちょんけちょんに言われた彼が無表情に立ち上がった。

「俺よりも弟に似ているガキなんて気に入らん」

そう吐き捨ててあっさりと立ち去ってしまった。あまりにも呆気ない幕切れに、緊張の糸が切れた夏芽はその場にへたり込んだ。

「大丈夫か⁉」

慌てて志道が光樹を地面に下ろして妻を立たせる。夏芽は、軽々とこちらを支えてくれる逞しい腕に縋りつきながら、呆然とした声を漏らした。

「私のこと好きって、本当ですか……？」

「えっ」

思ってもみないことを言われたのか、志道は目が点になっている。光樹が二人を交互に見ると、志道へ呆れた声を放った。

「オジサン、ちゃんとなっちゃんに『好き』って言葉にして言った？」

「え、いや、それは……、その……」

「言ってないんだ。態度だけで分かるだろ的な考えはフラれる原因だよ。ヤバいね」

脅された志道は思いっきり動揺している。が、すぐに夏芽と向き合い、意を決する表情で両手を包むように握り込まれた。

「すまない、ちゃんと言っていなかった俺が悪い。……その、君のことが好きだ。愛している。だから契約結婚じゃなくて本当の夫婦になりたいと思ったんだ」

「あ……、あれ、そういう意味だったんですか……」

愛の告白だったのかと、男心を理解できない己の鈍さに顔が熱い。これではひと昔前にあった、「君の味噌汁を毎日飲みたい」の言葉を額面通りに受け止めてしまうのと同じではないか。穴があったら入りたい気分に陥った。どうして自分はあのとき、体だけを求められたと受け止めたのだろう。……たぶん、志道がお飾りの妻を愛してくれるなんて、己の願望でしかないと思ったからだろうか。当時を思い返せば、自分たちは利害が一致して同居している他人でしかなかった。

紅潮する夏芽がうなだれるように顔を伏せ、その様子を目元を赤くする志道が見つめる。しばらくして光樹が、「ねぇ、注目を集めてるから帰ろうよ」と指摘した。

二人が我に返ると、公園で子どもを遊ばせている母親たちの興味津々な目線を感じる。大慌てで志道は小柄な光樹を荷物のように脇に抱え、もう片方の手で夏芽の手を握って公園を足早に出た。

両手両足をプラプラと揺らして喜ぶ光樹は、はしゃいだ声を志道へ向ける。

「ねえねえ、あのいきなり現れたオッサンってさ、もう二度と会いに来たりしないよね。マジで迷惑なんだけど」

「あいつの考えることは俺にも分からん。……だが、もう来ない気がする。本当は夏芽に会いに来たんじゃないかな」

周囲の視線を感じなくなったところで、志道はようやく光樹を地面に下ろした。子どもは素早く夏芽の手を握る。

「あのオッサン、なっちゃんのお姉さんのことが本気で好きだったんだね」

「でも、それならなんで姉はシングルマザーになったの……？」

姉と俊道が相思相愛なら、結婚する未来もあったのではないか。それともやはり成澤家の長男とは結婚できないと身を引いたのか。

すると光樹が甲高い声を上げた。

「えー！　あんな性格の悪い人間と結婚しても不幸になるだけじゃん！　お姉さんも絶対に気がついたんだよ。相手のことは好きだけど、この人とは幸せになれないって！」

「そこまで悪い人には見えなかったけど……」

呟いた途端、志道と光樹が〝信じられないほどのお人好しを見た〟といった目つきで夏芽を凝視する。

「兄貴は本当に悪魔だぞ。今日のことだって、夏芽がお義姉《ねえ》さんの妹ってだけで粉をかけてきたじゃないか」

「すっごい迷惑な話だよねー、好きな人の身代わりで欲しがるって」

「あいつ、もしかしてお義姉さんにフラれたんじゃないのか？　それでここまで執着しているような……」

「ありえるー！　顔も頭もよくてお金持ちで自信もあるプライドの高すぎる男が、好きな子にフラれて大ショックでこじらせたんだよ！　それで放浪の旅に出て十年も帰ってこなかったんじゃないの？　それってセンチメンタルジャーニーって言うんでしょ？　いくらなんでも長すぎない？　しかもまだ引きずってるじゃん！　すっごく情けないー！」

きゃはははっ！　と声を上げて笑う子どもの無邪気な残酷さに志道は黙り込み、夏芽は心の中で「もうやめてあげて……」と泣きたい気分になった。

家族としてまとまりつつある、自分たちの仲を壊そうとした彼の悪意は許しがたい。だがそこまで言われると純真な心を踏みにじられているようで、大人としてはツラい気持ちが勝った。

「ミツくん、ジュースを買ってあげるから、ちょっと黙ってて」

物で釣る方法を良しとしない夏芽が珍しい提案をしたため、光樹はその場で跳び上がって喜んだ。

「じゃあ、コーラとメントス買って！」

「おまえ、それって飲むんじゃなくてメントスコーラをやりたいだけだろ」

「外でやるから！　お願い！」

メントスコーラ——ペットボトルのコーラにチューイングキャンディーのメントスを入れ

て、泡を噴き上がらせる実験のことだ。

あれはまだ光樹が小学校一年生のとき、よりにもよって和室でコーラにメントスを入れて遊んだため、畳にコーラが広がって掃除が大変だった。それ以来、メントスコーラは禁止している。

普段は反対する夏芽だが、俊道の話題から離れたくて、「まあ、外なら、いいよ……」と疲れた声で頷いたのだった。

結局、俊道はパスポートの切替を済ませると、母親に顔を見せることもなく出国してしまった。

そのことを知った克子は嘆き悲しむが、光樹が、「泣かないで、おばあちゃん。僕がそばにいてあげるから」と心にもないことを笑顔で告げたため、克子はすぐに俊道のことなど忘れ去っていた。

彼女の頭の中にあった、愛する息子と孫を親子として暮らさせるという願望も消えたようで、それ以降、二度と口にすることはなかった。

それでも夏芽はときどき、俊道が再び自分たちの前に現れたらどうしようと不安になる。

そのたびに志道が、「兄貴がおかしなことをしても必ず俺が守るから」と力強く告げて抱き締めてくれた。

あれ以来、彼は妻へ、「好きだ」と「愛している」と照れながらもきちんと言葉にしてくれる。惚れた男から身も心も守られて過ごす夏芽は、時が過ぎるに従って徐々に俊道のことは忘れていった。

やがて冬が終わり暖かい春が通り過ぎ、梅雨も終わった七月、志道からお盆休みに旅行へ行かないかと誘われた。今年は少し早めに休暇を取るとのこと。

新婚旅行は、十一月上旬に予定している結婚式後に行う。結婚式の準備は成澤家の執事役である藤田が一手に引き受けているため、当人たちはそれほど慌ただしくなく、時間に余裕があるのでお盆休みに海外へ行くことになった。

夏芽も光樹も特に行きたい場所の希望はなかったため、志道の個人的な用事もあって旅先はクアラルンプールだ。

一瞬、それってどこの国だっけ？　と夏芽の脳内で疑問符が浮かぶ。直後に光樹が、「そこってマレーシアの首都だよね」と告げたため思い出した。

「そう。俺が結婚したことを大学時代の友人がどこからか聞いたらしくって、そいつと話していたらクアラルンプールの分譲住宅《レジデンス》を貸してくれることになった」

そこは友人が去年購入した、五つ星ホテルのレジデンスだという。夏芽は不思議そうに首を傾げた。

「ホテルにレジデンスがあるの？」

「そう。ホテルサービスを受けられるコンドミニアムってやつだな。所有者《オーナー》は好きなときに好きなだけ部屋を使うことができるんだ」

使わないときは貸別荘《バケーションレンタル》として人に貸し出すことも可能だという。今回は結婚祝いとして利用料金は不要とのこと。

「リゾートって場所じゃないから、のんびりと過ごすことがメインで、後は市内観光ってぐらいだけど行ってみないか」

夏芽は志道と光樹が一緒なら本当にどこでもよかったため、笑顔で頷いた。


そして八月。志道と夏芽はスケジュールを調整して少し早めにお盆休みを取得し、休みの前日に志道が帰宅次第、関西国際空港へ向かう。地元の中部国際空港《セントレア》はクアラルンプールへの直行便が就航しておらず、東京か大阪の空港へ移動しなくてはならないのだ。

志道は成田空港を利用することを考えていたのだが、光樹が「たこ焼き食べたい！」と言い出したため、関空のそばにあるホテルで前泊することにした。

光樹は中部地方から出たことがないのと、新幹線に初めて乗るということで、出かける前からやたらとはしゃいでいる。

大阪に着いたのは夜になってからだというのに、市内をウロウロしてから空港へ向かったため、ホテルに到着したのはずいぶん遅い時刻になった。

光樹は部屋に着いたら爆睡していた。

翌日、お盆休み直前ということでそこそこ混み合う空港を抜けて、一路クアラルンプールへ向かう。

座席はファーストクラスだ。志道は乗り慣れているからいいとして、海外旅行どころか飛行機に乗ったのも初めての光樹は、ここでも大はしゃぎだった。

「飛行機の中なのに広いんだね。座席もベッドになるし」

ベルトサインが消えてからまったく落ち着かず、機内を探検したり大好きなフルーツを何個も食べたり、乗務員に話しかけたりと、そこそこ長いフライト時間を満喫している。

夏芽も初めてファーストクラスを利用して感動していたが、少し目を離すといつの間にか光樹の姿が消えているため、気分的にあまりのんびりとすることはできなかった。

そんな夏芽を見て志道は笑っている。

「ウロチョロしているが騒いではいないだろ？　ほかの乗客の迷惑にならなければ大丈夫」

その後、約七時間のフライトでクアラルンプール国際空港に到着。迎えにきていたホテルの人間と共にメルセデスで移動する。滞在中はこの車が貸与されるという。

夏芽はクアラルンプールの中心地に近づくにつれ、車窓から見る景色に驚いていた。都心部は近代化されているとは知っていたが、予想以上の発展ぶりだ。天高く聳《そび》える高層ビルが立ち並んでおり、なんとなく女性向け雑誌で見るシンガポールの街に似ていると感じた。

「はー、おっきいビルがたくさんあるねぇ」

光樹も同じことを感じたのか、車窓から空を見上げて感嘆の溜め息を吐いていた。

車が停車したのは六十五階建ての超巨大タワービルだ。この建築物の頂点を視界に収めるためには、首を直角に仰け反らせる必要があるほど大きい。

ホテルのスタッフいわく、ビルにはレストランやデパート、ショッピングモールが入っているという。複合商業施設といった建物で、ここの高層階がレジデンスになっているそうだ。

スタッフに案内されて、部屋直結のプライベートエレベーターでハイフロアへ上がる。エレベーターを出るとオーナー専用のエントランスホールになるため、人に会うことなくレジデンスを行き来できる仕組みだった。

部屋に足を踏み入れると、まず広大なリビングエリアが、ずーっと奥にまで続いている。いったいどれぐらいの広さがあるのか見当がつかないぐらい広い。しかも天井がものすごく高い。

スタッフの説明によるとホテル三階分の空間を二階建てメゾネットにしているため、ここまで天井が高いらしい。それなら三階建てにすればいいのでは、と夏芽は頭の片隅で考えてしまうけれど、その思考は己が根っからの庶民であるせいだろう。

そこで光樹の歓声が響いた。

「ホントにプールがある！」

リビングの床から天井まであるガラス窓の向こうに、大きなプールが設置してあった。たしかにプライベートプールが付いた部屋だとは聞いていたが、ここは地上六十階の位置にある。それなのに部屋の中に、二十五メートルプール並みの大きなプールがあるとは。

リビングのガラス壁は可動式のようで、さっそく光樹が、よっこいしょ、と開けてプールへ走った。

「うわー！　おっきな空間だね！」

プールエリアを覆う壁はすべてガラスになっているため、太陽の光がプールを隅々まで煌めかせている。上を見れば二階まで吹き抜けの巨大空間で、天候に左右されずに水遊びを楽しめるようだ。

――言葉も出ないとは、こういう気分を言うんだな……

プールサイドを歩いて外壁になるガラス壁へ近づけば、地上がはるか遠くに見下ろせる。高所恐怖症でもないのに、この高さは無条件に怖れを感じさせた。

ホテルのそばには二十ヘクタールもの広大な公園があるものの、ここからだと小さな森にしか見えない。自分がどれほど高い位置にいるのかを実感して鳥肌が立ち、早々にガラス壁から離れた。

夏芽が窓側でウロウロしている間に、光樹は家中の探索を終えたらしく、いきなり服を脱ぎ出してパンツだけでプールに飛び込んだ。

　ヒャッフーッ！　と奇声を上げて派手な水しぶきを立てている光樹に、いつもの冷静さなど見当たらない。年相応の子どもらしさ全開だった。

「ちょっ、ミツくん！　水着に着替えなさい！」

「えー！　オジサンは裸で泳いでもいいって言ったよ！」

　チェックインを済ませた志道は、笑いながら夏芽に近づくと腰を抱き寄せて囁いた。

「この高さだと外から覗くこともできないからね。君が裸で泳いでくれたら俺はすごく喜ぶけど」

「……それは、ご遠慮します」

　プールの中で破廉恥な行為に及びそうだ。ものすごくあり得る展開に夏芽は顔を赤く染める。

　それよりも昨夜から光樹がはしゃぎすぎている。これは間違いなく夜になったら電池が切れるだろうな、と考えていたら志道が子どもへ声をかけた。

「おーい、光樹。アフタヌーンティーを勧められたけど、どうする？」

「アフタヌーンティーって、ケーキとか食べられるやつだよね。僕も欲しい！」

　志道がスタッフへ指示を出すと、笑顔で頷いた係の女性は「プールサイドに用意しましょうか」と提案してきた。

プールの周囲は木材が敷き詰められてウッドデッキ風になっており、その一角には寝台兼用の巨大ソファとガラステーブルが置かれ、アウトドアリビングとして整えられている。

制服を着たホテルマンが、てきぱきと三人分のアフタヌーンティーを用意してくれた。世界中の富裕層を相手にしているホスピタリティは素晴らしく、子ども用の大判バスタオルも用意してくれる。

夏芽が光樹を呼ぶと、長身の志道が寝転んでも余りあるサイズの防水ソファに、子どもが飛び乗った。

「うわぁー、豪華だね！　それに可愛い。女子がアフタヌーンティー好きって言うの、なんとなく分かるよ」

「……ミツくん、食べる前にパンツ替えてきたら？」

「またプールに入るからいいじゃん！」

光樹がさっそく三段トレーの上段にあるケーキへ手を伸ばした。一番上のトレーにはスイーツが並べられており、ベリータルトにショートケーキ、ミルフィーユ、サヴァラン、マカロン、ボンボンショコラ、トロピカルフルーツのゼリー。中段が野菜のキッシュ、ミートパイ、シュリンプサラダのほか、点心。下段はハムときゅうりのサンドイッチ、スコーン、焼き菓子があって、種類の多さに夏芽はひどく驚いた。

紅茶の種類も多いが志道はシャンパンを飲みたいらしく、夏芽もお付き合いする。

熱帯雨林気候のマレーシアは暑いことは暑いのだが、雨《スコール》が降ると気温が下がり想像よりは暑苦しくない。ホテル内は適度な冷房が効いてもっと過ごしやすい。快適な空間でお酒を飲みつつ美味しいものを食べていたら、夏芽は眠気に襲われてときどき意識が遠くなる。やはり初めてのフライトは緊張していたようだ。

妻の様子を見て微笑む志道が、彼女のそばにクッションをいくつも重ね、タオルケットを持ってきた。

「少し休んだらどうだ。どうせのんびりするために来たんだから」

「ありがとう。でも、夕ご飯はどうしよう……」

「レストランへ行くのもいいし、下のマーケットで買ってくるって手もあるぞ」

そこで夏芽はちらりと光樹へ視線を向ける。子どもらしく目を輝かせてケーキにかぶりついている光樹は上機嫌だ。

そっと志道へ耳打ちする。

「たぶんミツくん、七時頃になったら寝ちゃうと思うから、外へ食べにいくのは明日にするわ」

夏芽の予想通り空が夜に支配されると、光樹は電池が切れたかのようにリビングのソファで寝息を立ててしまった。

その頃になってプールサイドで休んでいた夏芽は意識を浮上させる。あくびを漏らしつつ夫と子どもの姿を求めて広大なレジデンスを歩くと、志道が最奥の寝室に光樹を寝かせたところだった。

「お、目が覚めたか」

「うん、ありがとう。だいぶスッキリした……」

目をこすりながらベッドに近づくと、光樹は薄手の毛布にくるまって熟睡している。

「君の予想通りになったな。まあ、あれだけ暴れていたら疲れるだろうけど」

夏芽が寝ている間、光樹は再びプールではしゃぎまくり、泳ぎに飽きたら着替えて一階と二階のフロアを走り回り、五つある寝室のベッドをトランポリンにして遊んでいたという。

思わず夏芽は噴き出した。

「こうなっちゃうと朝まで起きないのよね」

「じゃあ俺たちは軽くつまみながら飲もうか」

タワービルの地下一階にあるマーケットを見にいかないか、と誘われた夏芽は喜んで付いていくことにした。

世界中の食品を扱っているマーケットは見ているだけでも面白い。日本からの和牛も並べてある他、生鮮食品は併設のビストロで調理もしてくれるとのこと。

お酒に詳しくない夏芽はワイン選びを志道に任せ、彼がガラス張りのワインカーヴの中で熱心にワインを選んでいる間、フラフラと食品売り場に近づいて商品を見て回った。

——本当に何でもあるのね。

野菜や果物、シーフードにお肉、パスタや米、オイルサーディンやエスカルゴの缶詰等、調味料も多種多様だ。

夏芽は英語の紹介文を読むのに苦戦しつつも、美味しそうな品を選んでいく。シャルキュトリー——生ハムやサラミ——、合鴨のスモーク、数種類のリエット、チーズ、バゲット、ボイル用の野菜などをチョイスした。商品はレジデンスに運んでおいてと頼むと了承してくれるため、便利である。

途中、夏芽がチョコレート売り場をウロウロしていたら志道が戻ってきたので、いくつかチョコを購入して部屋へ戻る。

光樹の様子を窺うと、寝返りもせずぐっすりと寝入っていた。

「本当に起きそうもないな」

「昨夜からずっと興奮していたからね。無理もないわ」

二人は音を立てないよう扉を閉めてリビングで飲み始める。志道は部屋とプールを仕切るガラス窓を壁の中に収納し、照明を少しずつ絞って互いの顔が薄っすらと視認できる程度にまで暗くした。

するとプールがある吹き抜けの大空間を、地上のイルミネーションが仄かに照らす。淡いグラデーションの光が水面の揺らぎに合わせて波打ち、幻想的なまでに美しい光景を現した。

「綺麗ね……」

世の中にはこのような世界があるのだと、成澤家に嫁いでから何度も体験しているが、海外はスケールが違う。夜景と光の揺らめきをぼんやりと見つめていたら、志道が顔を寄せてきた。

「気に入ったなら、ここみたいなレジデンスを買おうか？」

家族で海外旅行へ行く際に使い、飽きたら人に貸し出せばいいと彼は語る。

「俺も海外不動産を所有するのは悪くないって、ここに来て思ったんだ。特にクアラルンプールは今後ますます発展していくから、今のうちに買っておくのも悪くない」

さらりと告げられた言葉に、「そうなんだ」と夏芽は曖昧に微笑むぐらいしかできない。

「でも、こういう部屋って高いのよね……？」

「さすがにこの部屋はね。購入価格は六億円って聞いたな」

——ろくおくえん！

ワインを噴き出しそうになった。しかも維持費は別料金と聞いて眩暈《めまい》まで感じる。

普通、六億円ものレジデンスを利用する機会など、一般人には一生訪れないだろう。それ以前に超ラグジュアリーな物件を所有している知人もいなければ、「結婚祝いだからレンタル料はいらないよ」と気前よく貸し出してくれる知り合いもいないと思う。

富裕層の友人や知人は富裕層、という閉じられた世界の一端を、こんな海外に来てまで肌で感じた。

実際、志道と共にいると〝住む世界が違う〟という概念を本当によく実感する。彼とは本来、互いの人生が交わることなどない生まれなのだ。

——でも、これからもずっと、あなたと一緒にいたい。

志道との生まれの違いに萎縮する気持ちはあるけれど、彼に愛されている自信が臆病な己を鼓舞《こぶ》してくる。

夏芽はグラスを置いて、甘えるように夫の腕へそっと寄り添った。

「こんな広い部屋じゃなくって、もっとコンパクトな部屋でいいわ……」

愛情表現が控えめな妻の方から縋りついてきたため、口元をほころばせる志道は彼女の腰を抱き寄せ、アルコールでバラ色に染まりつつある頰へ軽く吸いついた。

「そうだな、さすがにここは広すぎる。——子どもが増えたらちょうどいいかもしれないけど」

最後のセリフには、男の色香と欲情の熱がこもっていると夏芽は感じた。子どもを増やすなら君の協力が必要だと、甘くて低い声の囁きに裏の意味を絡めて。

志道の手のひらが妻の腰辺りを官能的に撫でさする。そういえば最近、ご無沙汰だと夏芽は思い出した。志道が休みの調整をするため、夜遅い帰宅や休日出勤などが増えていたから。

久しぶりに感じる最愛の人の熱が心地いい。熱い溜め息を漏らした夏芽は顔を上げて自ら夫に口づけた。

上唇と下唇を順に食み、啄むような優しい口づけを心を込めて贈る。ちゅっちゅっ、とリップ音を立てつつ柔らかい唇を愛撫する。

そのうち志道の方が痺れを切らしたのか、強引に妻の口内へ舌を進入させた。

「ん……」

繊細だけど濃密な舌使いが快楽を注いでくる。くちゅっと唾液が練られる音が頭の中から響いて、脳が熱を持つようだった。

口にある性感帯を的確に刺激されるたびに、思考が蕩けて夏芽の瞳が艶かしく潤む。

だがこのとき、澄んだ鐘の音が鳴り響き、二人の唇が糸を引いて離れた。

——これって、玄関のチャイム……？

このレジデンスにお客が来ることなんてあるのだろうか。口内に溜まった唾液を飲み干し、ボウッとした表情で志道を見つめていると、「ちょっと待っててくれ」と告げて志道が立ち上がった。

足早に玄関へ向かい、すぐに戻ってきたときには、ピンク色の大きな花束を持っているではないか。

快楽に呆けていた夏芽も花束を認めて我に返る。きょとんと目を丸くして驚いていたら、志道は妻の足元に片膝を突いて花束を差し出してきた。

「光樹から聞いたんだ。君はピンクのバラが好きで、花束にするならカスミソウと一緒に包んであるのが素敵と言っていたと」

そんなこと言ったっけ？　夏芽は内心で盛大に首を傾げてしまう。もしかしたら言ったのかもしれないが、だいぶ昔のことなのか記憶にない。それよりもなぜ今、花を用意するのだろう。

と、自問したときにようやく思い出した。

――今日って、私の誕生日だわ……！

本気ですっかり忘れていた。光樹の誕生日は必ずケーキとプレゼントを用意して祝っていたが、自分と父親の誕生日は、「それどころじゃないから」と毎日の忙しさにかまけてスルーしており、いつしかそれが定着してしまったのだ。

「誕生日おめでとう、夏芽」

志道が渡してくれる大きな花束は、まだ蕾のピンク色のバラと、白いカスミソウが品よくまとまっている。とても可愛らしい花束だった。

「ありがとう、すごく嬉しい……！　私、花束をもらうのは初めてなの……」

このとき不意に過去の記憶がよみがえった。脳裏に懐かしい生まれ故郷の情景が閃光のように瞬き、最後に住み慣れた実家がセピア色の思い出として浮かび上がる。自分は以前、たしかに同じセリフを言ったことがあると。

「……思い出したわ。昔、ミツくんからパズルブロックで作った花をもらったことがあるの

「……」

「ああ、光樹から聞いた」

志道いわく、妻の誕生日に何を贈ればいいかずっと迷っていたという。本人へ聞けばいいのだが、物欲に乏しい夏芽は特に何も望まない予感があった。

そこで背に腹はかえられないと、光樹に相談することにしたらしい。悔しいが自分より子ども の方が夏芽のことをよく知っている。

『あー、それならピンクのバラとカスミソウの花束がいいんじゃないかな。本当は僕が贈りたいと思ってたけど、まあオジサンなら先に贈ってもいいよ。僕は自分で稼ぐようになったら自分で贈るから』

光樹との会話を聞かせてもらった夏芽は、多幸感に胸を熱く染めて花束にそっと顔を埋めた。

――私、幸せ者だわ……

夫と子どもにここまで愛されて、魂が震えるほどの感動に泣きそうになる。あふれる情動を止めることができず、本当に涙が零れた。

ひっく、と小さくしゃくりあげたため、志道が焦った表情になる。

「泣くなよ……」

目尻に浮いた涙を彼がキスで吸い取ってくれた。

「ごめん、嬉しすぎて……ちょっと、怖くなっただけ……」

「怖い？」

「うん。幸せすぎて……」

光樹が好きな勉強をできて、自分はそんな子どものそばにいて、愛する夫からこれ以上ないほど大切にされている。望外の幸運に、まるで長い夢を見ているのではないかと思うときがあった。目が覚めて夢が消えたら、自分は岐阜の実家にいて、光樹と父の三人の生活に戻っているのではないかと。

「あの頃も幸せだったけど、あなたがいない……」

すんっ、と鼻を啜《すす》ったとき、志道が花束を潰さないように抱き締めてくれた。

「大丈夫。そのときは迎えにいくよ。何度でも」

抱き締めながら夏芽の左手を持ち上げ、薬指の根元に口づける。そこには夫から贈られた、婚約と結婚を誓う美麗な指輪があった。

「夢から覚めて君との出会いをやり直すなら、もうあんなカッコ悪いヘマはしないようにする」

ヘマ？　と首を傾げる夏芽へ、視線を逸らす志道は言いにくそうに呟いた。

「君を俺のもとに呼び寄せると告げたその日に裏切っただろ……本当にすまなかった、たくさん泣かせて……」

まだ気にしていたのかと夏芽の方がビックリだった。同時にその悔恨を慰めたいと心から思う。

「それ以上は言わないで。あなたには心から感謝しているの……」

最近の光樹は〝何かを諦めたような大人と同じ表情〟をしなくなった。笑顔や、今日みたいに子どもっぽいところが増えて、夏芽から見ても満たされていると感じた。自分や父親では決して与えてあげられない環境を得て、充実していると。

「私はミツくんにあんな顔をさせたくなかった……ありがとう、あの子を援《たす》けてくれて。……私を好きになってくれて」

涙を零しながらも微笑むと、唇を重ねた志道が熱い舌で妻の口内を癒すようにまさぐってくる。夏芽は喜んで夫の口づけに身を任せた。

「んふっ、……んっ、んぁっ」

彼の唾液を味わっていたら、先ほど中断した官能の種火《たねび》がすぐに燃え上がる。あなたに愛されたいと、抱かれたいと、体の芯がうずうずして股座《またぐら》の奥がじわりと潤んだ。

志道がキスを続けながら、夏芽の腕の中にある花束をそっとテーブルへ移動させる。互いの間に生まれた空間を埋めようと妻の肢体をきつく抱き締めた。

やがて長い口づけから夏芽を解放し、彼女の上気した耳元で囁く。

「体が熱いぞ……」

男の情欲を帯びた声にドキドキする夏芽は、逞しい肉体に縋りついて赤い顔を隠す。志道が夏芽へキスの雨を降らせながら蠱惑的に微笑んだ。

「少し、冷やさないか……？」

誘惑する甘い声が夏芽の聴覚を犯し、官能が高まって腰の力が抜けそうになる。彼が何を考えているのか分からないが、夫に縋りつきながら素直に頷いた。

志道は妻の腰を抱いて支えながらプールへ足を向ける。あと一歩、足を踏み出せば水の中に落ちるという位置で彼女のワンピースのファスナーを下げた。

彼の指先が妻の襟元をそっと左右に広げると、とろみのある生地が火照った肌を滑り落ちる。熱い視線を浴びて、夏芽は皮膚がチリチリするのを感じてかすかにふらついた。揺れる白い体を志道が支えつつ、もったいぶった動きでブラジャーとショーツもその場に落とす。

……そういえば日中、君が裸で泳いでくれたら俺はすごく喜ぶ、と言われていた。まさか本当にやるとは思いもしなかった。

羞恥から胸と局部を隠せば、「見せてくれ」と上ずった声に止められる。迷いに迷ったものの、明るい部屋で裸体をさらすよりマシと己に言い聞かせて腕を下ろす。

地上から届く仄かな明かりに淡く照らし出される白い裸体は美しく、志道はゴクリと生唾を飲み込みながら服を脱いでいく。

薄暗闇の中、男の引き締まった肉体が光と影に彩られて陰影を刻む。プールサイドで裸体をさらす夏芽はそっと視線を逸らした。

志道と肌を合わせてからというもの、彼にたくさんのことを教えられた。女の自分が彼の上に乗って動いたり、彼の昂りを手と口と舌で慰めたり……

光樹を育て始めてから人付き合いが少なく、猥談からも遠ざかってきた夏芽は性の知識も少ない。はち切れそうなほど怒張した一物を目の前にして混乱する彼女へ、志道は嬉々として性技を仕込んでいった。

おかげで夫が性的な気配を滲ませれば、妻の体は蜜を生み出すように調教されている。淫らに艶やかに、夫好みの肉体に造り替えられていた。

だから今も脚の付け根の奥、いつも志道が指や舌や陽根で存分に可愛がる蜜路から、じわっと熱い粘液があふれそうになる。

それでも夏芽は、このような非日常の場所で裸体を見せ合う状況がひどく落ち着かない。両手が不自然な動きで己の肌を撫でる。

もじもじと体を揺らして恥じ入る妻の様子を、全裸になった志道はうっすらと微笑みながら視姦する。

男の挙動にうろたえる彼女の姿は夫の大好物だ。扇情的で実に美味しそうな存在を前にして、彼は淫靡な表情で舌なめずりをする。興奮を覚えた下半身が妻を求めて滾《たぎ》り、赤黒く膨らんだ漲りの先端から雫を垂らす。

「おいで。一緒に泳ごう」

志道は妻の手を握ってゆっくりとプールに入った。夏芽も足の爪先からそっと温水に体を入れる。

――冷たい……

日中、温水プールに手を入れたときは温かいと思ったのに、今はひどく冷たいと感じた。それだけ自分が熱くなっているのだろう。愛する男とつながりたいとの想いが、肉体を加熱しているようで。

しかも水着を着けて入るという固定概念があるプールで、いけないことをしている罪悪感と高揚感がさらに夏芽の体を火照らせた。

泳ぐというより、志道に手を引かれて水の中を歩く夏芽は彼の目を見つめる。好き、との純粋な想いが胸中に膨れ上がり、あなたが欲しいと、言葉にするよりも雄弁に夏芽の目が語っている。

濡れた女の瞳と、欲情する男の目が見つめ合う。

言葉など必要ないほど互いの愛を感じ合った二人は、いつしか歩みを止めてきつく抱き合いながら唇を重ねていた。

「はぁっ、ふぅ……」

初めからキスは深かった。互いに貪るように唇へ吸いつき、舌同士を絡み合わせる。口づけの合間に見つめ合い、相手へ身も心も溺れる感覚に呑まれる。水中で忙しなく両手が蠢き、互いの肌をまさぐり官能を高め合う。

「んっ、ん……っ」

キスを続ければ続けるほど体が熱いと夏芽は思う。プールの水が心地いいほど冷たくて、でも体が冷やされると人肌の温もりが恋しくて、夫の逞しい肉体に体を擦りつける。そのたびに夏芽の薄い下腹へ、熱くて硬い張りつめた剛直が押しつけられた。皮膚をこするその硬度で、彼がどれだけ妻に興奮しているか分かる。

嬉しくてドキドキして、夏芽は隙間なく密着する二つの体の間に右手を進入させた。頑健な肉体と細身の肢体に挟まれた肉茎の側面を、指先でツーッと撫で下ろす。たったそれだけで彼の舌の動きが乱れた。

いつも自分を好きなだけ翻弄しては啼かせる男の動揺が楽しく、夏芽は腰をいやらしくうねらせて腹部で男の分身を愛撫する。同時に指の腹で肉茎の根元から撫で上げて雁首の段差をくすぐり、亀頭の窪みを抉るように刺激する。

彼に教え込まれた、彼の好きな箇所をたくさん可愛がる。

ハッ、と熱い吐息を漏らしながら志道が唇を離した。彼の左手が夏芽の右手を捕らえて肉棒をつかませる。志道の意図を悟った夏芽は、手のひらを上下させて熱い肉の幹《みき》を優しくこすった。ガチガチに固まった彼の分身は血管が浮き上がっており、この熱を解放してあげたいとの想いから手に力がこもる。

「気持ちいい……夏芽……」

志道が天を仰いで色っぽい声を漏らしている。お世辞ではない、心からそう感じていると分かる声音に、夏芽の頬がじわじわと朱色に染まった。彼を感じさせていると、彼をこんなふうに扱えるのは妻である自分だけだと、自尊心が幸福で満たされる。

これほどの男に愛されていることが誇らしくて、もっともっと悦ばせてあげたいとの熱意へ変わる。

水面から現れている彼の胸板に夏芽はそっと頬ずりをして、小さな乳首に吸いついた。

その途端、志道が呼吸を止めたのを感じる。彼の狼狽が心地よくて、彼がいつもこちらの乳房を愛撫するように、突起を舌で押し潰しては周囲を舐める。手の奉仕を止めないよう気をつけながら。

夢中で夫を愛していたら彼の右手が乳房へ伸ばされた。根元から揉みほぐすように形を変えつつ、二本の指の間で乳首を刺激してくる。

夏芽の体が感電したかのようにビクビクと揺れた。

「だめ……なめられない……」

舌足らずな声に志道の体がピクリと震える。直後、顎をつかまれた夏芽の頭が仰け反り、熱烈な口づけを受け止めた。

唾液をまとった肉厚な舌が遠慮なく舐め尽くしてくる。口内の隅々まで舌が這い回り、貪るといった表現がふさわしい勢いに夏芽の手が止まった。

「はんんっ、……んふっ、ふぅう……んっ、はぅんっ」

体中を駆け巡る高揚感に酔っ払いそうだ。混じり合う唾液がくちゅくちゅと卑猥な音を立てて、意識がかき乱される。

「ハッ、夏芽……愛してる……」

キスの合間に唇を触れ合わせたまま志道が囁く。夏芽が薄眼を開けると、熱に浮かされたような彼の瞳が自分を見つめていた。

「わたしも……あなたを、あいしてる……」

想いを込めて応えれば、志道の舌の動きがより活発になる。舌を出し入れしては口蓋を舐め回し、口の中をまんべんなく支配された。

志道の空いた手が夏芽の背後から脚の間に伸ばされる。親指を除く四本の指が秘部を覆い、揉み込むように指を動かすと中指の第一関節が蜜窟に沈む。温水の中なのに、くしゅっ、と蜜が練られる音を夏芽はとらえた気がした。

とはいえさすがに蕩けた蜜道にプールの水は冷たすぎたのか、夏芽の体がびくんっと跳ね上がる。

「あっ、みず、はいっちゃぅ……」

するど志道は妻を抱き締めてプールサイドへ戻った。浮力の助けを借りて、夏芽は歩かずとも夫に抱きつくだけで軽々と運ばれていく。彼は泳ぐためにプールに入ったことも忘れ去った様子で、妻の肢体を押し上げて対面でウッドデッキに座らせた。

瑞々しい夏芽の白い素肌が水を弾き、薄明かりをその身に受けて水滴が輝いている。志道はプールに入ったまま美しい裸体をのぼせたような表情で見上げ、うっとりとした口調で囁いた。

「脚を開いて……」

夫に屈服する体は、戸惑う本人の心を無視して素直に脚を開いてしまう。それでも羞恥心は消えず、夏芽は恥ずかしげに顔を逸らした。

尻目で彼を見遣れば、「もっと開いて」と眼差しで強制してくる。

心臓がバクバクと激しい鼓動を打ち鳴らす夏芽は、逡巡した後、観念した様子で双眸を閉じたまま脚を大きく開く。局部に男の熱い視線を感じて、お腹の奥がきゅんきゅんと痺れるようだった。

しかもこれで終わりではない。彼の指先が、水の中に沈む踵《かかと》や土踏まずをくすぐってくる。その仕草に、脚を上げろとの意図を察した。

開脚した状態で脚を上げたら、はしたない恰好になる。許しを求めて夫を見るが、彼はとても機嫌がよさそうな表情で妻の踵を手のひらで持ち上げるだけ。

夏芽は諦めてそっと両脚を上げると、踵をウッドデッキの縁《ふち》に乗せた。あられもなくM字に開脚して自ら女の秘密をさらけ出し、夫へ可愛がってくれと差し出す体勢に夏芽の顔が真っ赤になる。志道は妻の秘部などすでに味わい尽くしているのに、飽きることなくむしゃぶってくるのだ。今もまた熱視線を、しとどに濡れた秘裂へ突き刺している。

それを考えるだけでほころびかけた肉びらがヒクヒクと蠢き、熱い蜜が出口に向かって垂れようとする。

淫猥でいじらしいヒクつきに志道がごくりと喉を鳴らす。飢えた獣の気配を濃厚にする彼は、滑らかな内腿を手のひらで堪能しつつ、さらに脚を限界まで広げた。

「あ……っ」

秘裂が左右に引っ張られて女の口がはしたなく開く。鮮やかなピンク色の媚肉が怯えるように震え、透明な蜜を吐き出した。ツーッと一筋の煌めく糸が垂れて後ろの窄まりを淫らに濡らす。

その様は夏芽からは見えないものの肌で感じ取っていた。男を欲しがるあからさまな反応に脳が煮えそうだ。あまりの恥ずかしさに両手で顔を覆い、涙声を零す。

「そんなに、みないで……」

何度抱かれても初々しさが抜けない妻の様子に、志道の唇が弧を描いた。美しい瞳に劣情の思念を滲ませる彼は、舌を伸ばして妻の股間へ顔を埋める。

「ふあぁ……っ」

蜜があふれる裂け目をざらついた舌が上下する。ぬめった感触が這い回る刺激に、夏芽は腰をよじって快感に悶えた。

「はぁう……、んっ、はぁ、ああ……」

後ろに手を突いて上体が倒れるのを防いだため、志道が自分の局部を舐めている様子がよく分かる。彼の舌が蜜をすくい取り、秘孔に舌をねじ込んでは媚肉を舐め、蜜芯に吸いついては甘噛みする。

彼の舌技《ぜつぎ》がもたらす快感が気持ちよすぎて、夏芽は開いた口から喘ぎ声が止まらなかった。

「あぁん……っ、はあぁっ、んっ、ああ……、はあっ」

肉体はとっくに火照っていたけれど、彼に与えられる快楽で体の芯に火が点いたような気がした。泥濘《ぬかるみ》が煮えたぎっているようで、この熱をあなた自身で鎮《しず》めて欲しいと、貪欲な願望が身の内を焦がす。

この体は、あなただけのものだから。

理性まで肉欲で焼かれる夏芽が熱っぽく夫を見下ろしたとき、舌と共に長い指が蜜壷をかき混ぜてきた。

「はぁうっ、あぁ……っ」

膣孔の蕩け具合を確認しながら、指が熱い粘膜をこすっては甘い愉悦を刻み込んでくる。

夏芽は背筋を駆け抜ける快感の心地よさに腰をくねらせ、いやらしくて美しい媚態《びたい》を披露した。

妻を攻めつつ、その様を堪能する志道は蜜口を舐めながら囁く。

「……ヤバい、もう挿れたい」

哀願めいた声に夏芽は逆らうことなんてできない。

「いれて、ください……」

こんなときだけ敬語が戻る。まるで支配者へ服従するかのように、無意識に話し方を変えてしまう。

それは志道も感じ取ったようで、妻のたおやかな声に勢いよく頭を起こした。すぐに派手な水しぶきを上げてプールサイドに上がり、強引に夏芽を立たせて抱き上げる。

「ふぁっ！」

お姫様抱っこは初めてではないが、長身の志道に持ち上げられると視界が高くなって少し怖い。ギュッと彼の首に縋りついて密着すれば、彼は猛然とアウトドアリビングのソファへ向かう。

防水仕様の座面へ丁寧に夏芽を下ろし、すぐさま足首をつかんで大きく広げる。天を向く雄々しい剛直を、性急な動作で蜜窟に勢いよく埋め込んだ。

「――っ！」

声にならない悲鳴を上げて夏芽が仰け反る。まだ膣路は完全に解れておらず、圧迫感で一瞬息が詰まる。だがたっぷりと濡れていたため、膣肉は慣れ親しんだ一物を優しく包み込んで締めつけた。

己の女の部分が蠢いているのを感じる夏芽は、大きく息を吐いて下腹に力を込める。大好きなあなたに気持ちよくなって欲しいと、健気に分身を絞る。

妻のかいがいしい奉仕に気をよくした志道は、まだ生硬い蜜路を夢中で掘り返した。

「あぅっ、はぁんっ、あっ、あっ、あぁん……っ」

突き上げるタイミングで夏芽の喉から嬌声が押し出される。少し苦しげではあるが、快楽を感じさせる喘ぎ声。

「夏芽……すごい締まる……めちゃくちゃ気持ちいぃ……ナカ、熱い……」

呼吸を乱す志道の腰の振りが少しずつ速くなり、愛蜜がくちゃくちゃと粘ついた音を立てて白く泡立つ。ギシ、ギシッ、と頑丈なソファが軋むほど、彼は肉茎に体重を乗せて妻を貫いていた。

彼女の啼きやすいポイントを雁首で引っかきつつ、跳ね上がって震える白い脚に吸いついては執拗に舐める。

意識が飛びそうなほど気持ちいいと夏芽は思った。律動を刻まれながら乳房を揉まれると、自分でもはしたなく腰を振ってしまう。

おかげで結合部はびしょ濡れで、性の香りがふわりと立ち昇っていた。卑猥な粘液が互いの草叢に絡みついて糸を引く。

その様子を、志道は妻を組み伏せながら視姦して興奮を高めていく。だんだんと腰使いが激しくなり、パンパンと肉が鳴るたびに夏芽は善がった。

「ふあぁっ、しどぅ、さ……っ！　ああっ、はあぁん！　あふぅっ、んんっ、あぁあっ！」

猛烈な勢いで膨れ上がる快感に夏芽は怯えて、志道の背中に手を回す。直後にギュッと抱き締めてくれる力強さが嬉しくて、脳が沸騰しそうになりながらも胸がときめいた。

抱き合いながらさらに志道がガツガツと突き上げてくる。

腹の中を支配される夏芽は涙を零しながら啼き喚き、焼ききれそうなほど熱い頭を志道に寄せた。すると彼の腕が頭部を支えてくれる。

激しいのに優しい彼の想いが嬉しくて、嬌声を上げる夏芽は夢中でしがみつく。媚肉が執拗に彼を扱き、だんだんと声が裏返って甲高くなる。

互いに互いへ溺れ、肉と肉をぶつけ合い、追い詰めては追い詰められる。

やがて夏芽はナカを蹂躙する男の熱量に白旗を上げた。膣道が痙攣し、肉体を突っ張らせて何も考えられない光の中へ意識を落とす。同時に剛直を咥え込んだ媚肉が淫らにうねり、極上の快楽を夫へ植えつけた。

志道も余裕など消え去った表情で妻を深く貫いては揺さぶり、子宮口をこじ開ける勢いで彼女を貪る。媚肉が痙攣する動きを陰茎で味わいながら、鈴口を最奥に押し付けて精を放った。

蕩けた蜜孔が喜んで彼を抱き締め、一滴残らず精を吸い取ろうと肉茎全体をきゅうきゅうとしゃぶる。

その気持ちよさに呻く志道が、ふるふると震える乳房の尖りに思いっきり吸いついた。

「ふぁあ……っ」

絶頂感で朦朧とする夏芽の体が跳ねて、反射的に膣路が肉棒をしつこく締めつける。もっと精をねだるような淫猥な蠕動に、志道が恍惚の溜め息を吐いた。

「ああ……、すごい」

「はぁんっ、うごいちゃ、だめ……」

肉塊が隙間なく秘孔を埋め尽くしているため、志道が少し動いただけでも夏芽は快楽を拾ってしまう。ぴくんぴくんと桃色に染まった肢体が反応するたびに、熱い膣肉が男に絡みついてぞろりと舐めた。

「……ウッ」

快楽の洗礼を受けた志道が妻をきつく抱き締めて歯を食い縛る。

少し苦しい抱擁だけれど、夏芽は幸せな気持ちで夫を受け止めた。

「すき……」

意図せず唇から愛があふれた。肩で息をしていた志道は、緩慢な動作で妻の耳を愛しげに食み、俺も好きだ、と囁く。

好きな人からの告白は何度されても嬉しい。激情が落ち着いてきた夏芽は微笑み、志道の頭部をそっと撫でては黒髪を指で梳《す》いた。

クックッ、と押し殺した笑い声が耳に吹き込まれる。

「君にそうされると、光樹と同じぐらいの子どもになった気がする」

「……嫌だった？」

「まさか。惚れた女に甘やかされるのは意外と嬉しいって、君と結婚してから知ったことの一つだ」

志道が体を起こすと、穏やかな優しい眼差しで夏芽を見下ろしてくる。同じように夏芽の髪を撫でてくれるから、いたわりを込めた愛撫に気だるさが消えていく。

彼にとっての特別が、私であると実感して胸が熱くなる。

そっと唇を持ち上げると、妻の願いを汲み取った志道が口づけてくれた。ゆっくりと味わうような口づけを続けていたら、再び男の腰が揺れて白濁があふれ出る。

「あ、ん……」

彼の肉茎はまだまだ衰えを見せていない。

男を飲み込む下腹の痙攣が落ち着いていない夏芽は、離して欲しいと夫の肩を押してみるが、両手首を頭上で押さえ込まれてしまった。

「はぅ……、一度、抜かない……？」

駄目だろうなと思いながらもキスの合間に囁けば、悪戯っぽい笑みを浮かべる志道が、グッと腰を突き出して亀頭で子宮口を圧迫してくる。

「んぁぁ……っ」

押し上げられると、肉襞の一枚一枚が陰茎をいやらしく締めつけた。その快楽を味わう志道は、すぐさま律動を再開して愛妻を啼かせようと意気込む。

「もうちょっとこうしていたい。いいだろ」

「あんっ、……もうちょっと、で、終わること、なんかっ、はぁっ、ないくせに……」

「よく分かってるじゃないか、奥さん」

精力旺盛な志道は一度で終わることの方が少ない。平日の夜は夏芽の体力を慮って控えめだが、休みの前日や連休中につかまると彼は延々と妻の体を味わっている。

地上の光がいつまでも消えないように、二人の情交も終わりが見えないほど長く執拗に続いていた。

エピローグ

僕が小学校へ進学した頃、おじいちゃんのお父さん、つまり僕のひいおじいちゃんが亡くなって、葬式に参列するため金沢《かなざわ》まで行ったことがあった。

初めて会う親戚の人たちは僕に好意的だったけど、一部の年配男性から、『父親の分からない私生児』と蔑んだ視線を投げつけられた。

まあ別にいいけど。本当のことだし、ああいう手合いは相手にするだけ時間の無駄だよ。どうせ葬式が終われば会うこともないし。

それに僕に優しくしてくれる人たちへ甘えていれば、その人たちが庇ってくれる。

そう思って葬式後、広間で精進《しょうじん》落としの料理を食べていたら、ビール瓶を持って近づいてきた男の人が僕をちらりと見た後、おじいちゃんへ話しかけた。

『数馬、夏芽ちゃんをいつまで母親代わりにするつもりだ。付き合ってる男は文句言わないのか？』

『……いや、そういう奴はいない』

『だとしても、まだ若い娘に子育てを押しつけるなよ。行き遅れるぞ。……まさか子連れで嫁入りさせるつもりじゃないだろうな』

『夏芽は……、そう考えるだろうな』

『馬鹿か。シングルマザーの再婚じゃないんだぞ。実子でもない子どもを引き取る男がいるか。夏芽ちゃんが結婚するときは、おまえが子どもを引き取れ。後見人なんだろ』

『分かってる』

僕は二人の会話を聞きながら、「おじいちゃんでは僕を育てるのは無理だろうなー」と考えていた。リストラ後、再就職が叶わず夜間警備の仕事に就いているおじいちゃんは、昼夜逆転の生活をしている。まだ小学生の孫を育てるのは難しいと思う。

このとき僕は初めて、なっちゃんが結婚した後のことを考えた。

なっちゃんは可愛いから男に声をかけられることも多いけど、なんかバツイチっぽい子連れ男性ばかりだ。でもそういう人って、なっちゃんに自分の子どもを育てて欲しいって考えが透けて見えるんだよね。

――なんか、ヤダ。

なっちゃんは僕のお母さんなんだから、赤の他人の子どもに奪われたくない。

そう考えたらなっちゃんに甘えたくなって、親戚の女性たちと談笑している彼女に近づいていった。『なっちゃーん！』と呼びながら彼女の膝に寝転がると、温かい手で頭を撫でてくれる。

『ミツくん、ご飯は食べた？　美味しかった？』

『うん。でもなっちゃんが作るご飯の方が、ずーっと美味しいよ！』

周囲の女性たちが、『あらあら、甘えちゃって』とか、『可愛いわねぇ』と相好を崩す。僕は自分の容姿が女性たちにウケると知っている。フフフ……

『ねえ、なっちゃんって結婚するの？』

『急にどうしたの？　私に彼氏がいないって、ミツくんの方が知ってるよね』

『うん。でも、なっちゃんが結婚したら僕は一緒に暮らせないって、あのオジサンが言ってるの。僕、寂しくって……』

おじいちゃんに話しかけたオジサンを指し、悲しそうな表情を作って、スンッと鼻を啜っておく。案の定、女性陣はその男性を一斉に睨みつけた。

女性たちの殺気を感じたのか、その人はコソコソとトイレに逃げていく。

なっちゃんは僕を慰めるように抱き締めてくれた。

『大丈夫よ、私はミツくんのお母さんだから、必要とされる限りずっと一緒にいるから』

触れ合う温もりがとても嬉しくて、幸せだった。でも同時に、「こんなにチョロくて、この人は大丈夫なのかな」との不安も感じた。

まあ、なっちゃんが結婚しなくても、僕が早く独り立ちして彼女を支えたらいいと思う。そしたら結婚相手なんか必要ないし。

……ただ、本当にそれでいいのかな、と思うこともあった。

なっちゃんは恋愛もせず、このまま結婚もせず、僕の母親として生きていくことを納得していそうだ。

でもそれだと、おじいちゃんがすごく悲しむ。おじいちゃんは古い価値観を持つ人で、娘はいずれ嫁に出すものと考えている。結婚すれば自分が亡くなっても、伴侶がいるから安心できるってことらしい。

それを僕のせいで叶えてあげられないのは、やっぱり申し訳ないと思う。

それに僕自身は恋愛ぐらいしたいと考えている。押しの強い女子は苦手だけど、なっちゃんのような優しい性質の子に惹かれることもあるから。

それを思うと、やっぱりなっちゃんに罪悪感を抱いてしまう。僕だけが人生を楽しんでいるようで。

けど、なっちゃんを利用しようとするバツイチ子持ち野郎には渡したくないし……

――あーあ、誰かいい男はいないかなぁ。なっちゃんを大切にしてくれて、僕も引き取ってくれる、できれば子持ちじゃない男が。

まあ、そんな人間は都合よく現れないと分かっているけど。

だから僕は、このことはしばらくの間、忘れていた。

数年後、生まれて初めて父方の叔父に会ったとき、叫びたいぐらい嫌な気分になった。

――うっわぁ、僕にそっくり！　すごく性格悪そう！　顔だけじゃなく中身も似てるなんて最悪ぅ……。

父親でもないのに同じ顔をした男は、僕たち家族を最初から見下すような嫌な奴だった。

できれば親戚付き合いなんてしたくなかったけど、毎週のようにやってくるから仕方なく一緒に出かけていた。まあ、車を出してくれるから遠方の施設に行きやすいのは助かるし。

早く僕を諦めて消えてくれないかなー、って思っていたら、そのうちおかしなことに気がついた。オジサンがたまに、なっちゃんへ苛立っていると。最初はなっちゃんが、僕を成澤家へ渡すことに反対しているのが原因って思ってたけど、ちょっと違う。

僕となっちゃんとオジサンの三人で出かけていると、なっちゃんはたまにオジサンをじっと見つめることがあった。

え、こんな性格の悪い野郎が気になるの？　って思ったけど、そのうち本当の理由に気がついた。

『ミツくんは大きくなったら、成澤さんみたいになるのね。すごくカッコいいから、きっと女の子にモテるわよ』

と、自分のことのように嬉しそうに話しているから、単に僕の成長した姿をオジサンの中に見ているだけと分かった。オジサンはそれに対して我慢ならない様子だ。なんて理不尽な。

なっちゃんは何を差し置いても僕を一番に考えるんだから、そんなこと当たり前なのに。

でもこのときピンときたんだ。

――いるじゃん。なっちゃんの優しさや愛情深さに惹かれる、僕のことも必要とする子持ちじゃない男が。

自分と同じ顔なのが気に入らないけど、そこは目をつぶる。

ヤバいバアサンも付いているけど、そこも僕がなんとかする。

なっちゃんさえオジサンを意識してくれれば――

バアサンの方が一枚上手だったのか、オジサンが情けなかったのか、一時《いっとき》僕はなっちゃんと離れ離れになってしまった。

なっちゃんが泣いてると思うだけで僕も泣きたいぐらいつらかったけど、オジサンがようやくなっちゃんと結婚してくれたので、念願叶ってなっちゃんが僕のお母さんになった。戸籍上も間違いなく親子だ、すごく嬉しい！

でもそれからしばらくの間、なっちゃんとオジサンはもだもだしていた。はたから見ているとお互いに相手が好きって分かりやすいのに、どうして当事者って気がつかないんだろう。不思議。

見ていると馬鹿馬鹿しくなってきたので、オジサンが動くまでなっちゃんと一緒に眠って、ささやかな嫌がらせをしておいた。まあ、そのうち二人とも仲良くなったんで良かったけど。オジサンってなっちゃんに対してだけ行動を起こすのが遅いよね。

しばらくすると僕の遺伝子上の父親だとかいう、頭のネジが何本かぶっ飛んでそうな奴が現れた。すぐに消えてくれたけど、どうして僕の産みのお母さんって、あんなクレイジーな男を好きになったんだろ。

――男の方から近づいてきたのかな？　なっちゃんのお姉さんって、たぶんなっちゃんみたいな人だったんだろうし。優しさと包容力があって、クズ男が本気で入れ込んじゃう人。ただ、なっちゃんほどお人好しじゃなかったと思う。だから僕を妊娠しても、相手に何も言わなかったんじゃないのかな。僕が生まれる前のことだから分かんないし、どうでもいいけど。

だって僕の行動原理はなっちゃんだから。なっちゃんさえ幸せなら、笑っていてくれたら、僕はそれで構わないから。

そのなっちゃんは今、ウェディングドレスを着ている。

今日は成澤家と白川家の結婚式で、許可をもらっておじいちゃんと一緒に花嫁控室に入ると、準備を終えたなっちゃんが椅子に座って微笑んでいた。

「わぁ！　なっちゃん、綺麗！」

繊細なレースをたくさん使った、純白のウェディングドレスがとっても似合っている。花嫁さんって肌を露出しているイメージがあるけど、なっちゃんはドレス以外の、顔を除く大部分がレースで覆われていた。

けど透けて見えるせいか、肌を隠すというよりチラ見せの効果でよけいに肌が強調されている。すっごく色っぽくって、なっちゃんの良さがうまく引き出されていると思った。

――オジサンがデザインを決めてくれて、本当に良かったよぉ。

なっちゃんに任せたら演歌歌手が着そうなドレスができあがっただろうし。なっちゃんって通販で服を買うことがほとんどだけど、僕が見張っていないとヤバい品が届くんだよね。これからはオジサンに任せておけば一安心です。

お化粧もして美人さんになっている。なっちゃんって素《もと》は悪くないんだから磨けばいいのに、あまり自分のお手入れはしないんだよ。これもオジサンに任せておけば大丈夫のはず。

「……夏芽、結婚おめでとう」

おじいちゃんなんて感無量ですでに涙目になってる。以前、『娘が二人もいながら二人ともウエディングドレスを着ないのか』って落ち込んでいたのを知ってるから、良かったねぇと僕も思う。

おじいちゃん、本当はオジサンとなっちゃんの結婚に賛成してなかったんだよね。親子の縁を切るよりはマシ、っていう諦めで結婚を許していたのを僕は知ってる。だから今、なっちゃんがすごく幸せそうな様子を見て安心していた。

そんなことを考えていたら控室のドアがノックされて、黒のモーニングコートを着たオジサンが入ってきた。この人、なっちゃんを見ると目を見開いて、ものすごい勢いで近寄ってくると、前のめりになってなっちゃんの手を握っている。

「すごく綺麗だ。美しいよ。ドレスもよく似合っている」

なんかキスしそうな勢いだから離れて欲しい。お化粧が崩れちゃう。

僕は二人の間に入ってなっちゃんの細い腰に抱きついた。

「なっちゃーん、おめでとう！　本当に素敵だよ！」

「ありがとう、ミツくんもカッコいいよ」

僕は子ども用スーツに蝶ネクタイになりました。窮屈なので早く脱ぎたい。それよりも。

「ねえ、気持ち悪くない？　大丈夫？」

僕の言葉にオジサンも心配そうな表情になった。

「光樹、そう思うなら腹に抱きつくな。――夏芽、気分が悪くなったら式の最中でもすぐに言ってくれ」

なっちゃんは今、妊娠三ヶ月に入ったところだった。本人いわく悪阻《つわり》とかはなくって経過も順調らしいけど、なっちゃんのお姉さんが出産直後に亡くなっているから、僕もオジサンもおじいちゃんも心配で仕方がない。

でもなっちゃんは、ふふ、と幸せそうに微笑んだ。……その表情がすごく綺麗で、なんていうか、びっくりするほど美しいって思った。

「大丈夫よ。お医者様からも異常はないって言われているし、気分も悪くないわ」

ありがとう、と柔らかい笑みを浮かべるなっちゃんに見惚れそうだった。……一瞬、聖母ってこういう表情をしているんじゃないかって、変なことを考えた。

そしてなっちゃんの視線は僕じゃなくってオジサンへ向いている。僕の頭を撫でながら、意識は旦那さんしかとらえていない。

あーあ、親離れの前に子離れしちゃったんだなぁって少し寂しく感じた。僕の出番はこれから少なくなっていくと気づかされる。

それがちょっぴり寂しくて、お母さんの意識を僕に向けたくて、なっちゃんに話しかけた。

「お腹の子、なっちゃんによく似た女の子がいいなぁ。すっごく可愛いだろうし！」

「まだ性別は分からないわよ」

クスクスと笑うなっちゃんの細い腰を見つめながら思う。

なっちゃんに似た女の子が生まれたら、僕が守って心から大切にする。掌中《しょうちゅう》の珠《たま》ってぐらい可愛がって育てるよ。

「……ホント、女の子だと嬉しいなぁ」

だって従妹《いとこ》とは結婚できるから。それを思えば、なっちゃんをオジサンにとられる寂しさも薄らいでくる。

僕はそっとなっちゃんのお腹を撫でて、心の中で初めて神様に祈っておいた。

書き下ろし番外編　いつまでも妻に恋をする

きっかけは、夏芽が『今話題の映画を観たい』と言い出したことだった。

かつて大ヒットした不朽の名作が、３Ｄリマスター版として生まれ変わり、今週から期間限定で再上映される。夏芽はこの作品が大好きで、絶対に観に行くと心に決めていた。

じゃあ家族で行くかと志道は言ったものの、今はちょっと難しい。成澤家には、もうすぐ生後五ヶ月になる娘の陽葵《ひなた》がいるのだ。大音響の映画館へ赤ん坊を連れていくことはできない。

夏芽は一人で観に行くと告げたのだが、そこで光樹が待ったをかけた。

『映画デートしてきたら？　僕はひなちゃんと留守番してるよ。ベビーシッターさんを呼んでくれたらいいから』

との提案に志道が乗り気になって、久しぶりに夫婦二人でお出かけすることになった。

成澤家のマンションには、リビングのような広い化粧室兼洗面所《パウダールーム》がある。

主寝室に隣接しているそこは、大きな窓があって採光と風通しがよく、肌触りのいいラグが敷かれ、アンティークのドレッサーや、座り心地のいい大きなソファがあった。洗面台がなければ、パウダールームに見えない空間だ。

ウォークインクローゼットともつながっているため、この部屋で女性のすべての身支度が完成する。

九月下旬のまだまだ暑い日が続くこの日、夏芽が映画デートに行くため着替えようとしたところ、志道と光樹に呼ばれてソファの中央に腰を下ろした。

右側に志道が、左側に光樹が座って挟まれる。

「どうしたの？」

「今からネイルするから」

「えっ？」

右側に座る志道がハンドマッサージをして、その間、光樹がローテーブルにネイルケアやネイル用の道具を並べていく。

男二人がてきぱきと自分の手入れをするのを、本人は何とも言えない微妙な顔つきで、されるがままになっていた。

「……ねえ。さすがにネイルぐらい自分でやれるわ」

「だーめ。なっちゃん、甘皮の処理がいいかげんだから」

その通りなので、夏芽は心の中で涙を零してうなだれる。

自分はあまり己の手入れをしない。光樹の子育てでおしゃれをする余裕がなかったのもあって、自身を磨くといった思考が薄いのだ。

それを指摘したのは義母だった。

『あなた、最近はそこそこ身だしなみはよくなったけど、爪のお手入れはしているの？　淑女は指先まで美しいのが基本よ？　まあ、爪にごてごてと飾り立てるのはどうかと思うけど、何もしないのはいかがなものかしらっ』

と、姑がいつものようにツンデレを発揮し、ある日、嫁をネイルサロンへ連行した。このとき一緒に付いていった光樹の方が、ネイルに強い関心を示した。

『なっちゃんの指先を僕が綺麗にしてあげるんだ！』とのこと。

それを知った志道までが、『光樹がやるなら俺もやる』と言い出したのだ。

――いや、そこは子どものやることだと見守るべきでは？

なぜ張り合うのかと理解に苦しむ夏芽は、ちらっとクッションの上で寝かされている赤ん坊に視線を向ける。この子が父親の世話をかいがいしく焼いたとしても、微笑ましいとしか思わないのだが……

うーん、と小さく悩んでいるうちにハンドマッサージが終わった。

すると男二人が甘皮のケアを始めて、爪の形も整え、丁寧にネイルを塗ってくれる。

いたれりつくせりだ。

夏芽はその間、嬉しいとは思いながらも同じぐらい困惑していた。夫と息子にかしずかれているこの状況は、よその家庭でもよくあることなのだろうか、と。

「――うん、できた」

志道は綺麗にネイルを塗り終わり、満足そうな表情をしている。

光樹がドレッサーの横で手招きをした。

「じゃあなっちゃん、こっちに座って」

夏芽はネイルが乾くまで何もできないため、志道にエスコートされるかのように導かれ、ドレッサーの前に腰を下ろす。

背後で息子と夫が揉めだした。

「だからぁ、なっちゃんは髪をまとめて顔の輪郭を見せた方が綺麗なんだって」

「それは分かる。でもまとめ髪って毎日やってるだろ？」

「暑いからね。なっちゃんは首の後ろに汗をかきやすいから、風通しをよくしてあげないと汗《あせ》疹《も》ができやすいんだよ」

「う……、夏芽はハーフアップが似合うのに」

「それは同意するよ。じゃあカッチリまとめるんじゃなくって、ちょっと崩した感じで立体感を出して、華やか～って雰囲気にすればいいんじゃない？」

「……やってみるか」

どうやら折り合いがついたらしい。

志道は妻の髪を耳の上と耳の下で大きく二つに分けて、上段の毛を巻き込みつつ下段の髪でまとめ上げる。

男らしい長い指が、妻の髪を器用に結っていく。

その様子を夏芽は鏡越しに見つめた。

自分は社会人になっても、伸ばしっぱなしの長い髪をゴムでひとくくりにしていた。そのため岐阜で暮らしている頃から、おばさん結びに嘆いた光樹が、『なっちゃんはこうした方が可愛いよ』と髪を結ってくれたものだ。

志道と結婚した後、その習慣に夫も加わった。

女性の髪を結ったことなどない彼だが、光樹の指導を受けつつ動画も参考にして、あっという間に様々なヘアアレンジを習得した。

ちなみに夏芽も己の女子力の低さに焦り、鏡を見ながら髪を結う練習をしてみたが……どうもうまくいかないうえ、仕上がりはひどいものだった。

『なっちゃんは美的感覚が独特だから、僕たちに任せておいた方が安全だよ』

『でもそれって、女子として情けないじゃない……』

『プロにヘアメイクを頼む人だっているでしょ？　自分より技量が上の人に任せるのも、綺麗になる手段の一つだよ。それに髪を家族に結ってもらったところで、誰も責めないよ』

正論で返されては頷くしかなかった。

そんなことを思い返している間にも、顔の周りに残した毛を光樹がヘアアイロンでゆるく巻いてくれる。

志道は髪型を譲歩した代わりに、「髪飾りは俺が選ぶから」とドレッサーに並べたヘアアクセサリーを吟味している。

やがて金木犀《きんもくせい》の花のかんざしを手に取り、妻の髪に挿《さ》した。

「よし、これでどうだ？」

志道が合わせ鏡で後頭部を見せてくれる。

今日はまだまだ暑いものの、たまに秋の風が吹いて心地よい気温になる。少しずつ夏が終わろうとする気配を表す、オレンジ色の花飾りが可愛かった。

自分では絶対に結えない髪型も素晴らしい。

「ありがとう。すごく素敵」

胸が弾んで鏡越しに夫と見つめ合い、微笑む。ふとした瞬間、心から愛している志道に何度でも惚れ直してしまうから、ちょっと恥ずかしい。

このとき陽葵が目を覚まし、ふぇぇっ、と可愛らしく泣き声を上げた。両親が反応するより早く、光樹がひょいっと妹を抱き上げる。

「おはよう、ひなちゃん。お腹が空いてきた頃かな？」

「ミツくん、ミルクなら私が――」

「僕が飲ませてあげるよ。なっちゃん、ネイルはしっかり乾かさないとシワになるから動いちゃ駄目だよ！」

そう言い置いて光樹はキッチンに行ってしまった。

夏芽は、「よろしくね」と子どもの背中に声をかけることしかできない。

――これでいいのかしら。

陽葵が生まれてからというもの、光樹は率先して妹の世話をしようとするのだ。

しかもミルクを飲ませ終えたら哺乳瓶の洗浄と消毒も怠らないし、オムツも換えてくれるし、寝かしつけもしてくれる。

――十一歳児の育児が完璧すぎる。

文句などあるはずがないものの、子どもに子どもの世話を任せてもいいのだろうか。いや、誰も強制はしていないし、本人は周りの予想以上に妹を可愛がっているから、重荷になっていない様子だけど……。

「夏芽、今日の服はこれにしないか？」

志道が隣のウォークインクローゼットから、下着一式、ベージュのロングスカート、薄いブルーのボウブラウスを持ってくる。

彼が選ぶ服なら間違いない。光樹からも、『服はオジサンに任せた方が確かだよ』と言われている。

とはいえ下着まで任せてもいいのだろうか。さすがに慣れたものの、羞恥心はいつまでたっても消えない……

まあ、笑顔で受け取って着替え始める。

自分的にはもっと色が濃かったり、もうちょっとヒラヒラした感じの服が好みだけれど、着てみるとびっくりするぐらい似合っている。

今だって姿見に映る自分は、年齢相応の落ち着きがある、そこそこ綺麗な女性になっていた。

しかも、ロングスカートのスリットからチラチラ見える脚が艶めかしい。けれど下品に見えないから、さすがのチョイスである。

好きな服と似合う服は別なんだと、毎回実感していた。

「うんうん、色っぽくて可愛いな。俺の奥さんがすごく可愛い」

志道は何度も頷きつつ、満足そうに妻を見つめて笑顔になる。

心から喜んでいると分かりやすい表情に、夏芽も胸がときめいた。

志道が贈ってくれたピアスとネックレスも、彼につけてもらってから、子どもたちがいるリビングへ向かう。

「――ひなちゃん、可愛いなぁ」

リビングに入ると、こちらに背を向けている光樹と、使用人の木村がラグに座っていた。

今日はベビーシッターだけでなく、成澤の本邸から使用人まで派遣してもらっている。

「光樹くんは本当に陽葵ちゃんが好きですね。いいお兄ちゃんになりますよ」

「ひなちゃんが可愛いんだもん。将来は僕のお嫁さんになってもらうんだ」

両親が顔を見合わせた。お互いに目が、「今のって聞き間違いだよね？」と訴えている。

「陽葵ちゃんも、お兄ちゃん大好きっ子になるでしょうね」

「そうなってもらえるよう、頑張るよ！」

うふふ、あはは、と笑う二人はほのぼのとした雰囲気に包まれている。

木村は光樹の言葉を、「一人っ子だったお兄ちゃんに歳の離れた妹ができて、すごく可愛がっている」と受け止めているようだ。

しかし両親はまったく違う。放心した顔つきで、光樹の背中をガン見したまま動けない。

――ミツくんと陽葵はいとこ同士になるけど、法的には兄妹だから結婚できないんじゃないの？　でも連れ子の兄妹が結婚したドラマがあったような……？

視線に気づいたのか光樹が振り向いた。

「あ、もう行くの？　いってらっしゃーい」

笑顔で手を振るから、反射的に両親も手を振った。

「……行こうか」

「そうね……」

こわばった表情のまま家を出ると、無言で駐車場へ下りる。車を出してからも二人の間には沈黙が横たわっていた。

　かなり間を空けて志道が口を開く。

「あれはアレだな。女の子が『将来はパパと結婚する～』って言うやつの亜種」

「そっ、そうよね。ミツくんも可愛いことを言うわね」

「だよな。あの光樹がなぁ……あの光樹が……」

　だんだんと志道の口調が弱くなる。再び車内が沈黙で満たされた。

　互いに頭の中で、「あの天才児が子どもらしいことを口にするものだろうか？」と考えている。

　しかしそれを突き詰めると、「本気で言っている」ことになるため、深読みしたくない両親は思考停止状態になった。

「……とりあえず映画を観よう」

「そうね……。そうしましょう」

　深く考えることを一時中断した。

§

　志道と夏芽はデートの計画を立てたとき、映画を観た後は買い物に行こうと話し合っていた。

上映終了予定時刻は午後三時半。夕食にはまだまだ早いから。

しかし志道はそのような気分になれなかった。隣を歩く夏芽を見れば、彼女は思い詰めた表情をしている。

そこで志道は、映画館近くにあるスペインバルの前を通ったとき、ふと妻に問いかけてみた。

「飲まない？」

志道が指す店を見た彼女は、「飲むわ」とすぐさま頷いた。たぶん、「飲まないとやってられない」気分になっているのかもしれない。

車で来ているが、帰りは代行運転を頼むことにした。

いくつか料理を注文し、果実味が豊かな白ワインで乾杯する。けれど映画の感想を語り合うこともなく、互いに無言だった。

夏芽の好きなフォアグラのソテーや仔羊のグリルが並べられても、無言。

――なんか、結婚前を思い出すな。

志道は酒をちびちび飲みながら思い出す。

まだ夏芽がこちらに心を開いていなかった頃、光樹と三人で出かけた際、子どもが一人で遊び出すと大人組の会話が弾まないこともあって、『何か話してくれないかな』と考えていた。

結婚してから、夏芽も同じことを思っていたと聞き、二人で笑い合った記憶がある。ほろ苦くて大切な思い出だ。

あの頃よりもずっと幸せな今を思えば、少しずつ気持ちが持ち直してくる。

平常心が戻れば、常に光樹の将来を心配している妻の気持ちを、少しでも軽くしてやりたいと思った。

「夏芽、そう思い詰めなくていい。人間は身近にいる人を好きになりやすいと言うだろ。今の光樹は周りに陽葵しかいないから、それで夢中になってるだけだ。でも光樹が社会に出たら、いろいろな女性に出会って気持ちも変化していく」

夏芽がハッとした表情になった。

「そうよね……、その通りだわ。学校に通ってないあの子の人間関係は狭いもの。広い世界に出れば気持ちなんてすぐに変わるわよね」

「そうそう。まだ光樹は十一歳だろ。人生は長いんだから」

夏芽がものすごく安堵した表情になる。それに対し、志道は若干の後ろめたさを覚えていた。

――あいつ、恋愛面では兄貴に似たのかも。

志道は脳内で馬鹿兄を思い出す。

どれほど女性にモテても、心から好きになった女性を何年たっても忘れることができなかった男。忘れられないからといって、声だけ似ている夏芽を身代わりにしようと考えたクズ。

——でも、あいつに比べたら光樹はまともだ。

以前に光樹は、夏芽を理想の女性だと告げた。でも母親として愛しているので、恋愛的な感情はまったく抱いてない。その点は健全に育っている。

だが夏芽によく似た可愛い女の子が生まれたら——

志道はそれ以上、考えないことにした。

「よし、今夜は飲もう！」

今は最愛の妻と過ごす、二人きりの時間を楽しみたい。

夏芽も気持ちが落ち着いたのか、勧められるがままワインを飲んでいく。

二本のワインボトルを空けて、美味しいものを好きなだけ味わい、満足してから帰宅した。


子ども部屋を覗くと、すでに光樹と陽葵はぐっすり眠っていた。

二人一緒に仲よく眠っている姿はとても可愛い。大人と同じ思考を持つ天才児も、眠っているときはごく普通の少年に見えた。

ベビーシッターと木村から留守中の報告を聞き、よくねぎらってから帰宅させる。

二人きりに戻ると、志道はひょいっと夏芽を縦に抱き上げた。

「えっ⁉」

「やっと奥さんを独り占めできる」

「さっきまで二人で出かけてたけど？」

「君は子どもたちがどうしてるか、ずっと気にしていただろ？　そろそろ俺のことだけを考えてくれよ」

夏芽の耳元で、「奥さんの思考も俺が独占したい」と甘く囁けば、彼女の首筋が徐々に熱を帯びてくる。

こちらの首に抱きついてくる妻を支え、寝室のベッドに下ろした。金木犀のかんざしをそっと抜き取り、服を脱がせずに覆いかぶさる。

もうそろそろ母親から妻に戻ってと、甘えるように諭すように口づけた。

柔らかい唇を割り開き、妻の舌に己の舌を絡めながら口腔をまさぐる。子どもたちの前では決してやらない、深くて淫らなキスを繰り返す。

夫の欲情を受け止める夏芽が、目元を赤く染めて、とろん、と眼差しを甘く蕩けさせた。

「いいね、その顔」

「……どんな顔？」

「俺だけを見てくれる女の顔」

志道は嬉しそうに微笑みつつ、スリットから手を忍び入れる。太腿をねっとり撫でると、夏芽の呼吸に艶が混じるから、ゾクゾクする。

「このスカート、スリットが深くて君の綺麗な脚がチラ見えするんだよな。そのたびに興奮した」

「嘘……」

「嘘なもんか。俺の奥さんの脚は綺麗なんだって自慢したいぐらいだ。でも俺以外のやつに見せたくないから、すごく焦《じ》れた」

起き上がってスリットから妻の両脚をさらけ出した。脚の付け根はスカート生地でギリギリ見えないが、それでも太ももにあるガーターストッキングのレースが露わになる。

――よく似合っている。可愛い。

結婚するまで性的にまっさらだった夏芽は、夫の卑猥な助言を卑猥だと受け止めないため、志道が自分好みの下着を贈っても、「夫婦とはそういうもの」とあっさり納得して身に着けてくれる。

今の夏芽は、美しいだけじゃなく妖艶な姿になっていた。けれど彼女らしい清楚な雰囲気も消えてないから、猛烈にときめいて実にそそる。

股間が妻を嬲りたくて痛いほど張り詰めていく。

「ホント、見てるだけでヤバい」

志道が恍惚の表情で舌なめずりする。久しぶりに愛する女性を貪ることができると、期待と焦燥で暴発しそうだ。局部はあからさまに膨らんで、夏芽のうろたえる視線を感じるのが心地いい。

真っ赤になった妻をさらに焦らしたくて、もう彼女を貫きたいのにやせ我慢する。

「夏芽、胸を見せて」

おねだりを装った拒否を許さない口調に、夏芽はおずおずとキャミソールごとブラウスをめくり上げる。

総レースのブラジャーが露わになった。

「そうじゃないだろ。……頼むよ」

哀願を含んで告げると、妻はためらいながらもブラを外し、乳房の上部へと持ち上げる。白くて柔らかそうな双丘が蠱惑的に揺れた。

志道は妻が自ら服を脱ぎ、夫へその身を差し出そうとするシチュエーションが大好きだ。

彼女が恥じらい、逃げようとするのを必死にこらえ、「食べてください」と健気に自身を捧げる状況にいきり勃つ。

我慢できなくて乳房にむしゃぶりついた。飴玉を転がすように突起を口の中で嬲る。

「はぅ……」

夏芽が吐息混じりの色っぽい声を漏らし、こちらの頭部を優しく撫でる。その手つきは、夫に翻弄されていながらも、まるで男の性急さを宥めるような心の広さを感じさせた。

艶めかしいのに、聖母みたいな尊さが同居する。そのギャップに志道は胸を高鳴らせて呻いた。

――駄目だ。全然我慢できない……っ！

情けないほど滾ってもちそうにない。いつもなら妻をとことん気持ちよくさせてから挿れるのに。

慌ただしく体を起こし、性急にベルトを外してスラックスごと下着を脱ぎ捨てる。

夏芽のショーツを引き下ろせば、愛してやまない彼女の秘園はすでに零れそうなほど蜜をたたえていた。

二本の指を膣孔に挿れた途端、ぐしゅっと重たい音を鳴らして蜜液があふれてくる。媚肉が指に吸いつく感触と締まり具合に煽られ、もう本当に耐えられそうにない。

焦る己を必死に抑えつけ、ガチガチに硬くなった一物をゆっくりと蜜孔へ沈めた。

「んっ、ん――……っ」

しばらくぶりの交わりに、互いに仰け反って最高の悦楽を感じ合う。夏芽など挿れただけで極めたのか、膣道が痙攣して、陽根の根元から先端までうねうねと絞り上げてきた。

「ハッ、気持ちいぃ……ッ」

気持ちよすぎて呼吸が乱れる。酸欠になりそうな心地だ。

並外れた快感に歯を食いしばって耐えるものの、気を抜いたら本気で射精《だ》しそうになる。それぐらいよすぎる。

「ハァッ、夏芽、痛くないか？」

「んっ、だいじょうぶ……も、へいき……」

「じゃあ動くから。痛くなったら必ず言ってくれ」

小さく頷いたのを確認してから、ゆるい律動を肢体に刻み込む。濃密な粘液がジュクジュクと白く泡立ち、屹立に絡みつくのが気持ちいい。どこにも引っかかることのないなめらかな動きを続けると、快感がいや増し、背筋がゾクゾクする。

「あぁ……、んぅっ、んー……、あっ、はぁん……、はぁっ、あぁう……っ」

だんだんと夏芽の声が細く高くなって、隠しきれない艶が混じる。快楽に溺れ始めていると志道も悟り、彼女の両脚を抱えて自分の肩に乗せると、上からもっとも深いところまで貫いた。

「ああっ！」

嬌声に痛みや苦しみは感じられない。このぐらい強くしても大丈夫そうだ。と判断した志道は抽挿を速くする。

本当ならもっとゆっくり妻を抱こうと、初めての夜みたいに可愛がろうと思っていたのに、腰の動きを止められなかった。次第に頭が真っ白になって、妻を追い詰めながら自分が追い詰められる。

夏芽もまた、声が切羽詰まったものになっていく。

「あっ、はぁっ！　ああっ、あんっ、あっ、あっ！」

がくがくと彼女の全身が震え出す。イきそうになっているのを見れば、もう自分も止まれない。余裕がある態度を投げ捨てて、ガツガツと蜜路を激しく突き上げた。

夏芽が悲鳴を上げながら痙攣を繰り返す。

彼女が何度か達して荒い息を吐くだけになったとき、志道も限界を己に許した。

勢いよく精を噴き上げ、自分以外は触れたことがない子宮へ白濁をたっぷり注ぎ込む。

同時に肉襞がうねって収縮するから、精を最後の一滴まで搾り取られるような心地になった。

「グゥ……ッ」

一瞬、目まいがして意識が飛びそうになる。

ふと気づけば夏芽は気を失っていた。久しぶりの長時間の外出だけでなく、激しく抱かれたことで疲れたようだ。

名残惜しくも温かな蜜壺から分身を抜いて、いそいそと彼女の服を脱がす。

汗だくの体を拭こうと思っていたら、すぐに夏芽は目を覚ました。

「あ……寝ちゃった、ごめん」

「少しだけな。起きたなら一緒に風呂に入ろうか」

そう告げたら、可愛い妻は頬を染めてもじもじしている。一緒に風呂と言われると、海外旅行でプールに全裸で入ったときを思い出すらしい。

ついさっきまであんなに激しく交わっていたのに、恥ずかしがり屋なところは変わらない。

とても可愛い。

「……お風呂に入るだけよ？」

「もちろん。何もしない」

にこっと笑顔で答えておくと、うさん臭さを感じたのか夏芽が挙動不審になる。

——ああ、もう。本当に可愛い。

幸福すぎて頭が馬鹿になりそうだ。でも彼女に骨抜きにされるのは、これ以上ない幸せだ。

志道は愛妻を愛しげに抱き上げ、己の幸福を噛み締めた。

あとがき

このたびは「極上御曹司の契約プロポーズ」をお手に取っていただき、まことにありがとうございます。筆者の佐木《さき》ささめです。

この作品は二〇二〇年の四月に電子書籍として配信されたもので、気づけばあれから三年が経過していました。作中の時間と現実の時間が同じだとしたら、二〇二三年の今だと、光樹くんはもう十三歳なんですね。

大きくなっただろうな〜。と親戚のおばちゃんみたいな感慨を抱きました。

恋愛小説なのに脇役の少年のことが気になるのは、彼の未来がちょっと心配なせいです。いったいどんな恋愛をする気なのか、筆者でも予想がつきません。どうか幸せになってほしいと、やはり親戚のおばちゃんみたいな気持ちになってしまいます。

今回、三年ぶりに彼らの後日談を書きましたが、これは紙書籍になったおかげで機会が巡ってきたんですね。そして紙書籍になったのは、ひとえに読者様の応援の賜物なのです。心から感謝しております。本当にありがとうございました。

またどこかで出会えることを願っております。

佐木ささめ

チュールキス文庫 moreをお買い上げいただきありがとうございます。
先生方へのファンレター、ご感想は
チュールキス文庫編集部へお送りください。

〒102-0073　東京都千代田区九段北3-2-5　5F
株式会社Jパブリッシング　チュールキス文庫編集部
「佐木ささめ先生」係　／　「駒城ミチヲ先生」係

✦チュールキス文庫HP✦ http://www.j-publishing.co.jp/tullkiss/

極上御曹司の契約プロポーズ

2023年9月30日　初版発行

著　者　佐木ささめ

発行人　藤居幸嗣

発行所　株式会社Jパブリッシング
〒102-0073　東京都千代田区九段北3-2-5　5F
TEL　03-3288-7907
FAX　03-3288-7880

印刷所　中央精版印刷株式会社

定価はカバーに表示してあります。
万一、乱丁・落丁本がございましたら小社までお送り下さい。

ISBN978-4-86669-609-6　Printed in JAPAN